格非
中短篇小说精品

戒指花

格非 著

图书在版编目（CIP）数据

戒指花 / 格非著. -- 杭州：浙江文艺出版社，2025.8. -- ISBN 978-7-5339-8023-8
Ⅰ．I247.7
中国国家版本馆CIP数据核字第2025R6E038号

策划统筹 曹元勇
责任编辑 苏牧晴
校　　对 李子涵
营销编辑 耿德加　胡凤凡
责任印制 吴春娟　眭静静
数字编辑 姜梦冉　诸婧琦
装帧设计 金　泉

戒指花
格非　著

出版发行　浙江文艺出版社
地　　址　杭州市环城北路177号
邮　　编　310003
电　　话　0571-85176953（总编办）
　　　　　0571-85152727（市场部）
印　　刷　上海盛通时代印刷有限公司
开　　本　850毫米×1194毫米　1/32
字　　数　170千字
印　　张　8.625
插　　页　4
版　　次　2025年8月第1版
印　　次　2025年8月第1次印刷
书　　号　ISBN 978-7-5339-8023-8
定　　价　66.00元（精装）

版权所有　侵权必究

目录

- 001 雨季的感觉
- 034 公案
- 038 赝品
- 071 未来
- 078 失踪
- 095 让它去
- 104 打秋千
- 138 苏醒
- 149 马玉兰的生日礼物
- 158 暗示
- 167 戒指花
- 184 不过是垃圾
- 224 蒙娜丽莎的微笑
- 264 **附录：格非中短篇小说年表**

雨季的感觉

你永远也无法了解,为了让自己对生活发生兴趣,我们付出了多大的努力。

——安德烈·纪德《人间粮食》

1

镇长很早就从床上醒来了,窗外的雨还在淅淅沥沥地下着。屋子里光线很暗,他的老婆正在灶下煎煮着草药。昨天晚上,镇长的偏头痛又犯了,他躺在凉席上听着屋外的雨声整整一夜没有睡着,剧烈的疼痛使他的牙齿都松动了,他恨不得将自己的脑袋朝墙上撞。

"快有十年没有下过这么大的雨了,"他的老婆在灶下说,"院子里到处都是泥鳅。"

镇长也记不清这场雨是从哪一天开始下起来的,它仿佛是从一个遥远的年月一直持续至今。镇长将湿漉漉的窗帘拉开,他看见院中的树木和草垛静立在雨中,积水将月季花丛都淹没了。天上的乌云压得很低,它像一块毯子飘浮在屋顶和烟囱的上空,不远处的一幢被雨水围困的草房就像一条颠簸在水上的小船。

"昨天,褚老爷家里派人送帖子来了,"老婆说,"褚家的大少爷这个月的十五号要办婚事,你看看送什么礼物合适。"

"今天是几号?"

"五号。"

"到时候再说吧,"镇长伸了个懒腰,"我现在连镇公所里的事还忙不过来呢。"

镇长穿好衣服,拿起一块毛巾走到门槛边,接住屋檐的泻水洗了洗脸。随后,他喝下了那碗带着栀子花香味的汤药,从门背后拿过一把油布伞,提起长袍的下摆,心事重重地出了院门。

镇长走到镇上的学校边上,听见上早课的学生正在唱歌。新调来的音乐教师段小佛站在窗口,用一根竹箫为他们伴奏。这首由冼星海作曲的《二月里来》镇长已经听过不知道多少遍了。他一边在雨中摸索着道路,一边轻轻地哼了几句。

这座由祠堂改建而成的校舍远远看上去就像一口棺材静伏在树林中,它的背后是大片敞开的田野,即将成熟的麦子在雨帘中腐烂。麦地与镇外的湖沟河汊连成一片,镇上的农民纷纷走到屋外,察看着天色。另一些人则蜷缩在门槛边,没精打采地吸着旱烟,等待着雨季过去。

镇公所矗立在一处狭长的池塘边上。它是一座两层楼的建筑,由于房子过于古旧,墙缝中长出了一绺一绺的野草,雨水一淋,远远地泛出一片青碧。

镇长进了屋,将雨伞收拢靠在墙上。他看见王秘书正急匆匆地从楼上跑下来。

"您早,镇长!"王秘书气喘吁吁地说,"我刚才接到一个电话……"

这个由镇长亲自挑选的秘书一向以沉稳著称,一旦他的脸上出现了慌乱之色,镇长就猜到有什么不同寻常的事发生了。

镇长跟在王秘书的身后上了楼。他走到自己的办公桌前,找来一块抹布擦了擦桌子上的渗水,然后在椅子上坐下来,双手揉搓着太阳穴。

"电话里说了些什么?"镇长问道。

"昨天晚上,日本人的飞机轰炸了梅李。"王秘书说。

"梅李?"镇长似乎感到自己的太阳穴不太疼了,他迅速站起身,走到对面墙上挂着的一幅地图前,俯下身体,在地图上查找梅李的位置。

"电话是从哪里打来的?"镇长狠狠地瞪了秘书一眼。

"好像是县里打来的,"王秘书的语调有些异样,"我还没有来得及问,电话线就让风给刮断了。"

"日本人干吗要轰炸梅李呢?"镇长自语道。

"梅李是日本人从海上进攻上海的咽喉。据说二十八集团军在那里驻守。"王秘书低声答道。

"二十八集团军开进了梅李,连我都不知道,日本人怎么会得到情报?"

"据说是因为那些候鸟——"

"鸟?什么鸟?"镇长刚要发作,他的头又开始疼痛起来。

"是这样,"王秘书迟疑不决地说,"日本人的侦察机发现原来栖息在梅李湖边的一群白鹤突然不见了踪影,他们怀疑那里进驻了中国军队,因而进行了一次试探性的轰炸……"

"无稽之谈。"镇长兀自笑了起来,"我他娘的又不是小孩。"

镇长想起来,自己曾经去过梅李。那是一个只有几十户人口的渔村,除了终年堆放着的一座座准备运到南方去造纸的草垛之外,方圆几十里荒无人烟。何况,眼下日本人的军队远在河北,他们千里迢迢地派飞机来轰炸梅李听上去简直有些荒诞不经。再说梅李距莘庄镇也不过六十来里,日本空军空袭梅李,莘庄至少也应当听到爆炸声。

"你不会听错吧?"镇长的语调很快平静下来。

"这个……"王秘书支支吾吾地说,"屋外的雨声太大了,电话里的声音有些听不清楚。"

"这件事你没对别人说吧?"

"我已经通知了镇上的保安队,"王秘书说,"我觉得情况紧急——"

"乱弹琴,"镇长的脸憋得通红,"你他娘的什么事都自作主张,还要我这个镇长干什么?"

镇长回到办公桌前坐下,点燃了烟斗,潮湿的屋子里立刻弥漫了一股烟草的香味。王秘书呆呆地站在窗口,显得有些不知所措。镇长没有理会他,他将目光转向窗外。

"王秘书——"过了一会儿,镇长叫了一声。

王秘书吓了一跳:"镇长,您老有什么吩咐?"

"昨天,褚老爷家派人送了一张帖子来,他的大公子褚少良五月十五要结婚,你替我琢磨琢磨,该送什么礼物?"

王秘书虽然年轻,可是对镇子上的人情世故却颇为精通。褚怀仁虽然是靠蚕丝业起家的暴发户,可他在镇上的地位却举足轻重。王秘书知道,如果没有褚怀仁,这个原先靠种植棉花和大麦为业的村落也不可能发展到今天这个地步,不会在一夜之间办起了学校和邮局,铺上通往城里的公路。甚至,没有褚怀仁的提携,镇长说不定还在野外捡破烂呢。

想到这里,王秘书心里有了谱儿,考虑到镇长微薄的家底和褚家煊赫的地位,他建议……

还没等王秘书把话说完,镇长伸手制止了他。这时,王秘书隐约听见屋外响起了汽车引擎沉重的喘息声,从屋檐下刮过的风声一度将它遮没了。

王秘书走到窗边,他顺着镇长的视线朝外窥望,他看见一辆吉普车停在诊所旁的一处断桥边。也许是暴涨的河水冲毁了桥栏,那辆车一时找不到通往镇里的道路。

"下这么大的雨,有谁会开车到莘庄来?"镇长瞥了王秘书一眼。

"可能是县里派人来视察灾情了。"王秘书说。

镇长看见一个穿着笔挺西装的年轻人从车上下来,围着吉普车兀自转悠着。在他不远处的公路上,一个农妇正拿着一段柳条,追赶一头大肥猪。

"王秘书,"镇长吩咐道,"你赶快下楼去看看,如果怠慢了县里的来人,日后恐怕不好交代。"

王秘书刚刚走到楼梯口,镇长又把他叫住了:"你顺便再去一下诊所,给我拿一瓶止痛片回来。"

王秘书走了之后,屋外的雨下得更大了。镇长怔怔地注视着窗外那一片被雨点砸得坑坑洼洼的池塘,心里乱糟糟的。在这个倒霉的雨季,镇子上别发生什么乱子才好。

2

上课铃响过之后,莘庄小学的校长兼国文教员卜侃夹着一大堆讲义走进了教室。他还没有完全从早晨的慵懒睡意中清醒过来。眼下这场罕见的大雨已经持续十一天了,杏树和木棉在雨帘中沉睡。教室里光线幽暗,学生们的脸上浮现出一派树木般的翠绿之色,铺着螺纹砖的地面上积了薄薄一层淤水,年久失修的屋顶有一处在漏雨,雨水滞重地落在一只木盆里,发出一连串单调而空旷的声响。

黑板在雨水中泛潮,上一堂课抄好的一段五线谱现在已经模糊不清了。吸饱了雨水的粉笔用手一捏就变成了一团黏糊糊的湿粉。卜侃终于适应了教室里晦暗的光线,他清了清喉咙,准备上课。屋外沙沙的雨声以及天空中偶尔滚过的一阵阵闷雷使卜侃不得不提高了嗓门讲课,他似乎觉得讲课的声音不是从自己嘴里发出的,而是来自一个遥远的什么地方。卜侃一度怀疑自己此刻是不是正在做梦……既然雨季使树木和花朵都改变了颜色,人的感觉也会发生某种程度的偏差。

音乐教师段小佛又在隔壁的房间里吹箫了,那首在莘庄广为流传的《二月里来》听来使人黯然神伤。卜校长应着箫声的节拍正念着一篇课文,那是施蛰存先生所写的《梅雨之夕》的一个片段。他念到差不多一半的时候突然停了下来。

他看见教室后排靠窗的那张课桌上有一个位子空着。雨脚噼噼啪啪地敲打着窗纸,渗进来的雨水顺着窗台流向地面。

这个迟到的学生名叫麦泓,是莘庄小学年龄最大的学生。在这样一个阴雨连绵的季节,学生偶尔迟到或旷课是常有的事,但卜校长在讲课时的视线早已习惯了在那处角落停留,这个年已及笄的少女的缺席毕竟使他若有所失。在莘庄一带,男女同校的风习虽已倡导多年,可麦泓早已过了读书的年龄。卜侃的眼前又一次闪现出她那颀长健硕的身影……那是一个阳光灿烂的午后,本镇米行的麦老板手里拿着一封朱自清先生的亲笔信,将麦泓领到了他的办公室里。她穿着一身蓝色的印花长裙,笑容既大胆又轻佻,身上散发出一缕淡淡的檀香木的气息。

卜侃久久地注视着窗外的一簇芭蕉树,纷乱的思绪越走越远,当他看到学生们一个个张大嘴巴茫然不解地瞧着他时,卜侃的脸上掠过一丝不易为人觉察的羞怯。

昨天下午散课之后,卜侃正在办公室里修指甲,突然看见麦泓沿着校舍前的一溜花圃远远地跑过来。看上去她好像是在放学回家的途中折返回来的。尽管卜校长出于无意,他还是清楚地看到了她在跑动时上下蹿动的一对乳房轮廓,卜侃感到自己的心脏在怦怦狂跳。麦泓跑到门边,一把拽住了卜侃,差一点晕倒在地上。

卜侃费了好半天的劲才弄明白,原来她的腿上钻进了一条蚂蟥。卜侃让麦泓坐在椅子上,然后蹲下身来,帮她卷起一只裤管。卜校长用一种柔和而又不失分寸的语调告诉麦泓:蚂蟥其实并不可怕,它本身并无毒性,相反它还能将血液中残存的毒素吸出体外……但卜校长的劝慰之言并没有能使麦泓安静下来,她脸色苍白,双目紧闭,两腿不停地抖动着,嘴里发出一串咿咿呀呀的叫声。卜侃不知从哪里找出一把镊子,试着将那只蚂蟥从她的小腿上夹出来,他的手颤抖得非常厉害,以至于他怎么也无法将蚂蟥夹住。她的那条白皙而修长的小腿上布满了一道道蓝色的血管,卜侃的手指一触摸到她那柔滑的绸缎般的肌肤,嗓子里就立即涌出一股咸咸的味道。等到他心慌意乱地将那条蚂蟥弄出来,卜校长的衣服都让汗水给浸湿了。屋外的雨越下越大,窗前一棵刺梨树的枝条在风中不断地抽打着窗纸。他感觉到淙淙的泻水在屋顶的瓦片上流淌,带给他一种想入非非的幻觉……卜倪从一只小瓶里取出一根酒精棉,帮助她擦了擦那处暗红色的伤口。一阵奇痒使麦泓咯咯地笑出声来,她的笑声使卜倪吓了一跳,随后,他也笑了起来。正在这个时候,镇外白居寺里的辨机和尚从廊下经过,他显然是看到了刚才发生的一幕。卜倪正想出门向他解释几句,辨机和尚冲他诡秘地一笑,远远地走开了。

快要下课的时候,麦泓才姗姗而来。她一声不吭地绕过讲台,在自己的位置上坐了下来,双手拢了拢耳边湿漉漉的头发。不一会儿,卜倪又一次闻到了他所熟悉的那股檀香木的气味。

卜校长的目光有些躲躲闪闪,他不敢正眼朝麦泓那边看,哪怕只是偶尔的一瞥,也会在他沉寂的心底激起一圈经久不息的旋涡。一想到自己已年过半百,还像一个年轻人那样容易激动,他不禁感到有些不道德。这种其实是毫无必要的自责助长了他的慌乱,他说话语无伦次,课文也讲得颠来倒去。他的这种反常的仪态不久就引起了坐在前排的一个男生的警觉……

这天傍晚,卜倪在回家的路上,脑子里还在想着麦泓那副沉静而明朗的面容。晚春时节的梅雨如丝如织,使人魂飞杳杳,恍然若梦。他的家紧挨着镇上诊所,隔着一片槐树林和一带狭长的池塘与镇公所遥遥相望。卜倪走到家门口,看见大门紧紧地关闭着,门前一株合欢树的花瓣已让风雨打落得干干净净。卜侃推了推门,发觉里面上了闩,这使得卜校长心里掠过一阵不祥的预感。他用力拍打着大门的铜环,不一会儿,他就听到了老婆的木拖声踢踢踏踏地朝这边传过来。

一个挑着水芹菜的农妇打门口经过,她朝卜侃飞快地瞟了一眼:"怎么啦,卜校长,又和老婆吵架啦?"

"哪能呢?"卜校长莞尔一笑,"内人正在洗澡。"

卜侃进了屋,就拿眼睛朝老婆的身后瞅,同时嘀咕了一句:

"大白天关着门干什么?"

谁知他老婆一听这话,火气比他还大:"外边雨这么大,门不关,你想在家里开澡堂子啊?"

卜侃没再吱声。他知道在这个倒霉的雨季,镇上的每个人心里都憋着一股火。卜侃将手里的那把雨伞递给妻子,自己径直来到后院撒尿。卜侃注意到,这些天每当他去小解的时候都会想起那首冼星海的《二月里来》,而且照例会哼上一两句:

二月里来呀好风光,
家家户户种田忙。
……

卜校长唱了开头那两句,就不再往下唱了。他看见院中的积水里有两排脚印清晰可见,它绕过菜圃的竹篱,在围墙的门扉附近消失了。卜侃弯下身子细细察看,从脚印的尺码来看,有一排是男人的鞋子留下的,一想到老婆刚才开门时的异常神情,卜校长心头陡然一沉。

"今天有人来过吗?"卜侃回到屋里,装出一副不经意的样子问了一句。

老婆敲了敲脑壳:"我差一点忘了,今天早上倒是有人来过,不过他不是来找你的……"

"这么说,他是从后门进来的啰!"卜侃酸溜溜地说。

"你的鼻子比狗还灵,"老婆一脸不高兴的样子,"今天早上我还在睡觉,听见有人在敲后院的木栅栏门,我打开门,看见一个穿西装的陌生人站在门外。他没有打伞,浑身叫雨水淋了个透湿。我问他有什么事,他说他是城里一个私人侦探所的探员,来莘庄找褚少良……"

"探员?"卜侃心头一紧,"他说了些什么?"

"没说什么,"老婆打了一个饱嗝,"他在屋里避了一会儿雨就走了。"

老婆的话让卜侃突然想起几天前的一件什么事来,他仿佛觉得这个侦探的出现与那件事有关,可是他的脑子里一片空白,什么也想不起来。在这个寂寞而漫长的雨季,人的记性也好像发了霉。

3

　　晌午的时候,太阳从厚厚的云层中露出脸来,将天地衬得一片杏黄。雨仍在扑扑簌簌地下着。斜斜的雨幕在炽烈而温热的光线下带着毛茸茸的光边,给湖边那座深黛色的树林挂上了一道豁亮的幻影。这种晴雨相杂的天气在莘庄一带并不少见,可被淫雨围困达半月之久的莘庄居民宁愿将这缕雨季的缝隙中出现的阳光看成是天气转晴的征兆,他们纷纷走出家门,互相报告着雨季即将结束的消息。

　　褚少良坐在面临天井的一幢阁楼里,正沉浸在十天之后的婚礼将要带给他的安宁而祥和的喜悦之中。屋外的村篱中突然出现的阳光无疑增添了某种喜庆的气氛,它透过一扇猩红的窗格照进屋来,使房内的一切都蒙上了一层暗紫色的光亮。

　　天井里汪了一层浊黄的淤水,几棵棉桃和天竺树有一半的树干浸泡在水中。屋檐下有一排漆成白色的鸽箱,几只灰鸽咕咕地叫着,将身体挪出箱外,在缤纷的阳光下晾晒着油亮的羽毛。

　　早在一个月前,褚家大院就在为大少爷未来的婚事做准备了。随着黄梅在青翠的叶脉中悄悄长熟,一场罕见的大雨也不期而至。幽居江南小镇的人几乎每年都要经历这场暮春时节的苦雨,但对于褚少良来说,漫长的雨季毕竟给酝酿之中的婚礼投上了一层阴郁不欢的气氛。他的母亲整天在抱怨家里的水蛭和油虫,抱怨屋子的各个角落散发出来的腐霉的气味,她曾不止一次地对褚少良说:"要是到了大礼的那天雨还没停,看来我们只能雇几条船去亲家接嫁妆了。"

今年的雨季如此冗长,褚少良除了每天在昏昏欲睡的倦意中等待天气转晴,几乎什么事也做不了,他的桌上还堆着一沓尚未发出去的喜帖和请柬。婚礼那天所请的客人除了本镇的一些亲戚、乡绅和官员之外,差不多有一半将来自外地。宾客的名单是他的父亲褚怀仁亲自拟定的,褚少良在这串长长的名单的末尾又加上了自己的故旧和同学。由于大雨几乎阻滞了莘庄通往外乡的道路,褚少良不免有些担心镇上的邮差会不会及时地将这些请柬和喜帖发往外地。

几个用人正在天井里疏浚阴沟,一股难闻的腥臭扑面而来。褚少良走到窗前准备将窗户关上,他看见小妹的身影出现在天井边的回廊下。她穿着一件宽大的睡袍,一副刚刚睡醒的样子,她的脸颊上似乎还留着藤条的印记。她一边梳着头,一边懒洋洋地朝他招手。

"哥,家里来了一位客人,爹叫你下来一趟。"小妹说。

"晓得啦。"褚少良应了一声,随手将那扇窗户关上了。

他还有最后一批请帖没有写完,今天已经是四月五号,离婚礼举行的日子只有短短十天的时间了。看来今天无论如何要将这批请帖写完寄出去。书写请帖的任务本来可以由家中的账房一手承担,他平常做事谨慎细致,又写得一笔好字,但褚少良实在想不出有什么更好的办法打发雨季的寂寥,就主动将这件事揽下来。可是这件事并没有带给他想象之中的乐趣,相反到了后来它简直成了一个累赘。他一想到在那批已经发出的请帖之中,可能写错了某人的姓名和地址,心里就掠过一阵难言的忧虑。

当褚少良将那批请柬装入信封,冒着蒙蒙细雨朝镇上邮局走去的时候,他早已将刚才小妹的话忘得一干二净。

镇上的邮局像往常一样挤了不少人。这个邮局从它设立的那天起,一直就是镇上的那些爱说闲话的人聚会的场所,他们互相交换着从镇子的各个角落探听来的新闻、隐私和谣传,然后稍加修改传播出去。即便是在不便出门的雨季,人们通常闲坐家中也能详尽地获悉镇子里发生的所有事件的细枝末节。

褚少良一踏进邮局的大门,就感到今天的气氛有些不同往常。围坐在邮局大厅长椅上的那些闲人,除了褚少良所熟悉的几位常客之外,还夹杂着几副陌生的面孔。这些人正在交头接耳地议论着一件什么事情,一看到褚少良进来,就全都默不作声了。褚少良隐约感觉到他们有什么特别的事故意瞒着自己。他径直走到邮柜前,将那些大大小小的信封交给柜台里的一位小姐。令他吃惊的是,这位邮递员的脸色似乎也不太好看。昨天下午他来发信的时候,这个女人还冲他满脸堆笑,甚至在接信的同时,还故意摸了一下他的手背。褚少良直到现在还能回忆起他们肌肤相触时所留下来的那种奇妙的感觉,这使他想起莘庄小学的校长兼国文教员卜侃先生曾经跟他说起的一段话来:一个男人到了结婚的时候,世上所有的女人都会变得美妙无比……

邮递员称了一下信件的重量,随手扔出来一堆邮票,然后就转过身和身后的一个男同事聊起天来,连看都没看他一眼。褚少良心里说,女人生性就善变,碰上了倒霉的阴雨天,她们的心事就更难捉摸了。

褚少良这一次显得有些过于谨慎:他将请帖一张张从信封中抽出来,仔细地检查了一遍地址和日期,一切核对无误之后,才将邮件封上口,推入邮筒。

正当褚少良长长地松了一口气,准备离开邮局的时候,他突然想起了今天晚上每周一次的牌局。他担心镇公所的王秘书也许早被一周的梅雨搅得忘了这件事,就朝柜台的另一侧走了过去。

"先生,我要打个电话。"褚少良彬彬有礼地对一名接线生说道。

"你要哪里?"

"镇公所王秘书。"

接线生很快接通了电话。褚少良拿起话筒正要说话,他的肩头感到了一阵热乎乎的压力,他转过身,看见一个身材魁梧的中年男子正朝着他冷笑。

"先生,请跟我们走一趟。"那个人对他说。

褚少良心头一乱,他感觉到了情况有些不妙,原先混杂在人群中的几个陌生人同时站起身,朝他围拢过来。

"你们想干什么?"

中年男子从口袋里摸出一张证件在褚少良的眼前晃了晃:"我们是莘庄保安司令部的,你被逮捕了。"

褚少良下意识地用手捋了捋额前湿漉漉的头发,同时拽了拽西装的领带:"长官,你们一定是抓错人了吧?我是褚少良啊。"

那几个便衣彼此对望了一眼,显然没有听明白褚少良的话。

褚少良情急之中赶紧就又补充了一句:"我是褚少良,褚怀仁老爷的大公子……"

没等他说完,一个戴着墨镜的人走到他的跟前,朝他脸上认认真真地打了两个耳光。

"妈了个×!"戴墨镜的人胸有成竹地说,"老子抓的就是你。"

褚少良的眼镜被打落在地上。他感到脸上一阵火辣辣的灸痛,从喉管里涌出来的一股血腥味使他忍不住直想呕吐。正在邮局大厅里闲聊的那帮镇上的居民不约而同地用一种冷冰冰的目光看着他。

褚少良不安地警觉到,也许有一件异乎寻常的事在莘庄悄悄地发生了。难道是保安大队里出现了共产党?早在几天前,他的父亲褚怀仁就跟他谈起过,与莘庄相邻的永庄和大巷都闹起了村民暴动,暴民们打着杀富济贫的旗号,奸淫掳掠,无所不为。它提醒褚少良,眼下的这场大雨很可能会使夏粮颗粒无收,到时候莘庄会不会……

褚少良被那伙人推推搡搡地带到门外,沿着镇上的一条碎砖铺成的街道朝保安司令部走去。他看见街道两侧早已挤满了围观的人群,那些人仿佛预先就知道了他要被捕的消息,打着雨伞在街口迎候着他的到来。对于那帮围观者来说,他们在目睹一场繁盛的婚礼仪式之前有幸观赏一下新郎被捕的场面,简直有些喜出望外。

莘庄的保安司令部设在湖边的一座废弃的旧园里。这里曾是江南一带颇负盛名的织绣大王谭运长的乡居别墅。褚少良被那伙人带到司令部的门前,他觉察到这里的气氛的确有些不同往昔。一些腰间别着手枪的便衣和军人从门廊下进进出出。摩托车发出沉重的喘息声一辆接着一辆在院外的林荫大道上驶过,溅起了一缕缕水线。

褚少良曾一再恳求便衣们让他给家中挂个电话,但他的建议每次都遭到了冷冷的拒绝。最后,他被带到了朝南的一间不大的空房里,这间潮湿阴暗的房间里积了一层齐踝深的雨水,上面还漂浮着几张沤烂的纸页,看上去简直像一座水牢。

差不多两个小时过去了,褚少良怎么也想不出自己究竟犯下了什么过失,他们为何要将他带到这里。同样,他也不知道那伙人最终将如何处置他。

窗外是一片宽阔的芦苇滩,隔着这片芦苇丛和烟波浩渺的湖面,他能够看得见湖泊的对岸那一带灰蒙蒙的山峦、山谷里密布的银白色帐篷以及覆盖着帆布的炮群。如果日本人从海上进攻上海,那么这支隐伏在山野里的驻军将成为阻击日本军队的第二道防线。

大约在下午三点钟左右的时候,褚少良听到一阵蹚水的脚步声越过花园朝这边传过来。不一会儿,镇公所的王秘书在一名军官的引领下来到这个房间的铁栅栏门前。军官从口袋里掏出一把钥匙打开门锁,冲着褚少良矜持地笑了一下:"误会了,褚少良……"

军官有限的道歉使褚少良多少感到有些不快。今天下午所遭受的不白之冤显然不是这句客套话所能洗清的。他跟在王秘书的身后,经过那道半明半暗的长廊,走到屋外苍翠的草坪上。

"他们凭什么抓我?"褚少良迫不及待地问道。

"保安队抓人难道还需要什么理由吗?"王秘书自我解嘲般地反问了一句,"在这个倒霉的雨季,什么事情都可能发生。"

"镇上究竟发生了什么事?"

"现在还不清楚。"王秘书严肃地对他说,"有消息说,日本空军昨天夜里袭击了梅李。"

……

他们走到镇公所的边上,王秘书对褚少良一拱手:"我在镇公所还有件事没办完,恕不远送了。"

王秘书朝前走了几步又突然转过身来:"别忘了,今天晚上八点到你家打牌……"

4

镇长很快接到报告:今天早晨驾驶着一辆吉普车来到莘庄的那个外地人经查明是一个来自城里的私人侦探。

根据镇上的目击者所提供的情况,这个人三十岁左右,身材中等,穿着考究的西服,手里还捏着一把袖珍手枪。尽管镇长本人由于偏头痛的折磨无意在这件事情上纠缠下去,但事情的发展根本就由不得他做主,镇公所接二连三地得到了有关这个人行踪的详密报告。这些盲目的告密者或盯梢者所描述的事实大相径庭,有些地方甚至还互相矛盾。镇长在综合所有的这些情况并做出自己的判断之前,必须考虑到镇民们的好奇心以及容易夸大事实的惯常习性,同时,他也必须兼顾天气的因素——持续半个多月的阴雨使镇上居民们的感觉发生了不同程度的偏差。

最先看见侦探的是镇外白居寺的住持辨机和尚。他从清晨的睡梦中醒来就听到了吉普车引擎的嗡嗡声。由于白居寺在江南一带极具名望,辨机和尚将这个人看成是一个外地来的求香问佛者。他穿好衣服正准备亲自来迎接,这个年轻人已经从吉普车里钻了出来,他手里拎着那把手枪,围着汽车转了两圈,随后就锁上车门,绕过寺庙外的围墙朝镇子里走去。辨机和尚出于一种与他清心寡欲的形象不太相称的好奇心,跟在他的身后走了一段,他发现这个侦探走到莘庄小学校长兼国文教员卜侃先生的院宅边突然停了下来,他先是对一根探出院墙外的杏树的花枝端详了片刻,随后四下里张望了一下,敲响了后院的木栅栏门扉……

辨机和尚的描述多少引起了镇长的一线警觉。卜侃是一个北方人,他是响应陶行知先生的倡导来莘庄创办实验小学的,因此在镇子里,他的身份最为复杂。他举止乖戾,自命清高,平常除了偶尔与褚怀仁的大公子下上一两盘棋外,很少与镇上居民们来往。

"这名侦探在卜侃校长家里待了足足有两个时辰。"卜侃的邻居,一位中年妇女接过辨机和尚的话继续说道,"今天早上我在院外的篱笆边挖沟排水,看见这个身强力壮的男人进了卜校长的院子。那会儿,卜校长正在学校里上课。他老婆平常在镇子里就是有名的骚货,一瞅见男人上门就魂都没了。诸位想想,一男一女关在房子里还能做出什么好事来吗?何况外面还下着那么大的雨……"

这个女人所关心的显然不是侦探的身份以及他冒雨来到莘庄的目的,她的真正兴趣在于只有女人乐于纠缠其间的男女绯闻。尽管镇长不失时机地遏止了她的话头,她绘声绘色的讲述还是在镇公所里激起了一串笑声。

正在这个时候,镇公所的王秘书推着一辆破旧的自行车出现在门外的树林里。他脸色阴郁地进了屋,径直来到镇长的跟前,在他的耳边悄声地说了些什么。镇长愣了一下,随后朝他摆了摆手。

接下来,莘庄药店的一名伙计提供了另外一些线索。这个身穿西服的侦探在晌午时分来到药店里。当时,阴沉沉的天空中突然出现了灿烂的阳光,可雨仍在不停地下着。伙计听见屋外沉寂多日的梅鸟在树篱间啾啾啼鸣。他正想出门晒晒太阳,与迎面而来的侦探撞了个满怀。这个侦探从他那里买了六盒人参,一对熊掌,两瓶虎骨绍酒,外加一只樟木漆盒。"就连白痴也不会相信,这个腰上别着手枪的侦探冒着大雨千里迢迢来到莘庄,仅仅是为了购买这些城里随处可见的药材。"伙计向镇长表达了这一疑惑之后,结束了他简略的汇报。

最后一个来到镇公所提供情况的是本镇染布作坊的一位老板。与他一同前来的还有他那个正在莘庄小学读书的儿子,这个十多岁的男孩所表现出来的高度警惕使镇长大为欣慰。男孩的情报虽然与侦探的行踪无关,但也并非没有价值:在今天上午的第二节课上,校长卜倪的神色看上去非常紧张,他头发蓬乱,嘴唇发乌,讲话颠三倒四,有好几次他不得不停下来大口喘气,他的目光躲躲闪闪,拿着课本的手不停地颤抖……

他的父亲补充说,如果是学校的其他教师出现这种情形,也许是睡眠不足或者身体不适所致,可卜校长是一个具有三十年教龄的教员,平常讲课一贯思路清晰,仪容整肃……这一次,他或许遇到了什么特别的事情。我们也听说了侦探来到镇上的事情,而且他还去过卜校长的家,我想,犬子所提供的情况也许对镇长大人有些许作用……

老板说完,眼巴巴地瞅了镇长一眼。在镇长及时对他的热忱和警惕做出了高度的评价之后,父子俩才心满意足地离开了镇公所。

镇长感到自己的脑子里塞满了一道道烂绳子,怎么也无法将混乱的思路理出一个头绪来:日本人空袭梅李,侦探的出现,卜侃,褚少良被抓……他扳起指头,一遍遍地数着从早晨到午后的这段时间里莘庄所发生的一切,试图从中找出某种联系。

过了一会儿,镇长从椅子上站起身来,他接过王秘书递过来的一块热毛巾,将它按在额头上,然后朝嘴里塞了几粒止痛片。

"王秘书,你拿我的名帖去一下保安司令部,让他们先将少良放出来。"镇长一边说着,一边拿起了门边的那把油布伞。

"您要去哪儿?"王秘书问道。

"我想到卜侃校长家去一趟。"

镇长来到卜校长家的时候,学校还没有放学。卜夫人正在堂屋里做针线,一见到镇长来访,卜夫人久雨缠绕的脸上立即呈现出一缕酡红色的光泽。她告诉镇长,自从这场梅雨降临的那天起,她还没有出过家门,身上都快长霉了。由于消化不良,她在说这番话的时候,一边打了好几个嗝。

"可不是嘛，"镇长附和道，"自打雨季来临，我觉着每天都像是做梦似的……"

"该不会是桃花梦吧？"卜夫人嫣然一笑，"昨天晚上，我也做了一个梦，我梦见一只蚂蟥钻进了裤管……"

尽管卜夫人所说的梦境或许是一种实情，但镇长还是能够觉察到她的话里有一种明显的挑逗意味。

雨水斜斜地从敞开的门扉中打进来，一股清新的青草芳香扑面而来，其中还夹杂着一缕鸽子屎的气息。

这个来自外乡的女人虽然已经三十多岁了，可她的身段看上去依然像个姑娘。镇长注意到她的旗袍的分衩开得很高，丰润的大腿外侧裸露出一线白皙的肌肤。

"外面下着这么大的雨，镇长来一定有什么急事吧？"

"没什么事，"镇长说，"我打这儿路过，顺便进来避避雨。"

"我去将大门关上吧，"卜夫人轻声说，"要不然待一会儿，家里就会变成一片水塘了。"

"别关了，"镇长笑了起来，"卜校长等会儿回家，要是看见大门关着，还以为我们……"

也许是由于屋外的风雨声太大，卜夫人像是没有听清镇长的话，她径自走到门边，将大门掩上，插上了门闩。

屋里的光线陡然晦暗下来，镇长一度都看不见卜夫人的脸，她的身上散发出来的一阵沁人心脾的果香使镇长不禁怦然心跳。

校长夫人回到原先的那张木椅上坐下，用镊子从针线盒里夹出一枚针来,然后往里穿线。棉线在雨天里受了潮,她怎么也无法将线头从针孔里穿进去。

"我来帮你穿吧。"镇长站起身来。

"你能行吗?"卜夫人冲着他笑了一下。

"再小的孔我也能穿进去。"镇长觉得自己的声音开始有些颤抖。

"你别吹牛,"校长夫人柔声细气地对他说,"我的这个针孔可有些特别……"

镇长跌跌撞撞地走到她的身旁,挨着她坐下。卜夫人已经开始发出微微的喘息。镇长没有从她手中接过针线,而是将手搭在了她的肩上。卜夫人的身体战栗了一下,随后将他的手移到了胸前。

"要×你就快×吧!"卜夫人低声催促道,"待一会儿,学校放了学,卜侃就该回来了。"

她的话使镇长吓了一跳。虽说镇长平常在莘庄也时常弄出一些风流韵事来,可从来没有任何女人像她那样直截了当地说这种话。镇长在心里对自己说:卜侃,这件事你他娘的可不能怪我……

镇长和卜夫人走到卧房里,他刚刚来得及将她旗袍的下摆撩开来,就听见放学回家的卜校长在屋外叫门了。

"让他敲,别理他!"卜夫人心急火燎地对镇长说,"你先给我来几下再说。"

镇长毕竟是镇长,他没有理会女人的苦苦央求,很快从床上溜下来,开始穿起了衣服。

本来,在卜夫人打开屋门之前,镇长有足够的时间从后院溜掉,但情急之中的镇长显然有些慌不择路,他在屋里独自转悠了一阵,打开一只衣橱,一头钻了进去。卜夫人见状也只好将衣橱的门关上了。

一缕樟脑丸的气味使镇长忍不住直想打喷嚏,他听见卜夫人趿着木拖去堂屋开门。

"大白天关着门干什么?"镇长听见卜侃问了一句。

"外面雨这么大,门不关,你想在家里开洗澡堂啊?"

镇长听卜侃夫人这么说,长长地松了一口气。卜侃没再说什么,镇长听见他的脚步声朝后院走去。不一会儿,他就听见卜校长在后院唱起了那首冼星海的《二月里来》……

"今天有人来过吗?"卜侃回到屋里,像是漫不经心地问了一句。

"我差一点忘了,今天早上倒是有人来过,不过,他不是来找你的。"

"这么说,他是从后院进来的啰?"卜侃酸溜溜地说。

"你的鼻子比狗还灵!"卜夫人说,"今天早上我还在睡觉,听见有人在敲后院的木栅栏门……"

镇长竖起了耳朵,他听见卜夫人用那种懒洋洋的语调继续说道:"……我打开门,看见一个穿西装的陌生人站在门外。他没有打伞,浑身叫雨水淋了个透湿。我问他有什么事,他说他是城里一个私人侦探所的探员,来莘庄找褚少良……"

"探员?"卜侃自语了一声,"他说了些什么?"

"没说什么,"卜夫人打了一个饱嗝,"他在屋里避了一会儿雨就走了。"

这个侦探去找褚少良做什么?镇长蜷缩在衣橱里感到有些茫然不解。不过,他没有在这件事上再细想下去,仍然在抱怨今天看来已经流产的艳遇。狗日的卜侃,你要是晚回来一步,老子就抄了你的后路了……

"我的衣服也叫雨水给淋湿了,"卜侃说,"你去衣橱里找件衣服来给我换上。"

卜夫人仿佛愣了一下,随后她用一种戏谑般的语气对卜侃说:"我该去厨房做晚饭了,你自己去找吧。"

镇长一度怀疑自己的耳朵出了问题。他不知道这个女人为何在这个节骨眼上说这样的话。这场暮春的绵绵阴雨仿佛使镇上的每个人的行为都出现了反常。他还没有来得及想好如何应付眼下即将出现的荒唐局面,卜校长已经迅速地走进卧房,打开了橱门。

镇长笑嘻嘻地从橱里走了出来,冲着惊骇万状的卜侃说了一句:"你好,卜校长……"

5

到了上灯时分,白居寺的住持辨机和尚没有像往常那样去佛堂给新来的僧人讲述佛经,他提着一盏灯笼,独自一人出了寺院的大门,朝镇上的私人诊所走去。

腹中一阵奇异的疼痛使他想起自己的痢疾已经持续三天了。他怀疑自己的肠子在雨天里早已长满了绿毛。灯笼的暗红色光影照亮了脚下淙淙跳跃的水流,远处的房舍和树木都隐没在黑暗之中,只有当天空偶尔划过一道道闪电的时候,他才能看见镇外的那带灰蒙蒙的湖泊、高高吊起的渔网以及湖面上停泊的一艘艘舢板。

雨已经明显地小了下来。街巷里空空荡荡,阒寂无人。他平常所熟悉的街道到了细雨迷蒙的晚间,仿佛完全变了一个样子,两侧歪歪斜斜的槅栅和店铺在他眼前变得陌生而遥远。一股阴森森的冷风迎面吹来,使他不禁打了一个寒战。他似乎感觉到有一桩奇异的事正在镇上的某一个街角悄悄地发生。

在一年四季之中,唯有春天会带给人云飞雾绕的幻觉。对于每一个潜心修行的出家人来说,春天的夜晚总是在日复一日地酝酿邪念的欲望,使经年的苦苦修行为之毁于一旦。春天的气候变幻无常,一会儿阳光明媚,一会儿雨水涟涟,它使树木变得神秘,使人感觉的触须变得像蚕丝一样纤弱……

辨机和尚来到镇公所旁的一条长满了芦苇的池塘边上,他看见不远处的那幢祠堂里亮着灯光。祠堂的大门敞开着,门前的一对石狮浸在雨水中,一簇石榴树在风中发出沙沙的声响。卜倪校长也许又在和褚怀仁的大公子下棋了。辨机和尚近来听说，卜校长被他老婆闹出的艳事弄得声名狼藉，他时常晚上不回家睡觉，在这幢凋敝的祠堂通宵读书，有时他也会找人去下盘棋，借此打发无聊的光阴。辨机和尚曾经打趣地对卜校长说，人世的苦难浩若尘沙，不如跳出红尘，遁入空门……

辨机和尚在经过祠堂门口的时候，一阵女人的哭喊声穿过稠密的树林，在岑寂的夜空下隐隐传来。他不由得放慢了脚步，侧耳谛听，随之而来的是雨打树叶的淅沥声和呜呜的风鸣。刚才那阵哭叫声听上去是那么熟悉，辨机和尚的眼前浮现出一张张面容姣好的女人的脸来，这些女人的身影在眼下枯寂的雨季，常常悄无声息地侵入他的睡眠。

辨机和尚悄悄地吹灭了灯笼。尽管他不能肯定那个女人的哭声是从祠堂里传出来的，他还是决定进去看个究竟。

他蹑手蹑脚地走进祠堂。天井里的一株石楠散放着馥郁的香气，树旁是几张朽坏的木桌，上面落满了米黄色的花瓣。辨机和尚终于看清，那缕灯光是从卜侃校长的办公室里透出来的，它照亮了门外的那条空寂的长廊和屋檐上吊着的一个铃铛。

辨机悄悄地来到窗下。由于雨水的侵蚀，薄薄的窗纸有几处已经渍破，他只要稍稍踮起脚尖，便能看到房中的一切。

莘庄米行麦老板的女儿麦泓，此刻正被反剪着双手绑在屋里的一根木柱上，她的嘴里被塞进了一块抹布。今天早上才来到镇上的那名探员在一旁抱臂而立，饶有兴致地注视着麦泓徒劳无益的挣扎。

一阵难以遏止的激动使辨机和尚差一点叫出声来。他看见莘庄小学的校长兼国文教员卜侃手里拿着一把咔嚓作响的剪刀走到麦泓的跟前，同时对侦探神秘地眨了眨眼睛："你别看她现在桀骜不驯，待一会儿我就会让她筋酥骨软。"

卜侃首先剪开的是麦泓胸前的对襟，一对肥硕的乳房滚落出来，卜侃用手托起其中的一只掂了掂分量，脸上露出了满意的笑容。

"它像木瓜一样沉甸甸的。"卜侃对侦探说。

接着，卜侃依次剪开了她的两只裤管。辨机和尚看见麦泓的左腿上有一处芝麻大的小红点，它好像是水虫或者蚂蟥叮咬后留下的痕迹。顺着那处红点往上，辨机终于看见了那簇供人取乐的灰黄毛丛。不一会儿，除了手臂和两腋之外，麦泓身体的所有部位都暴露无遗了。

"我们的计划看来天衣无缝，"侦探得意地观察着眼前这具丰硕的少女躯体，"早在十年之前，他就在盼望着今天了。"

麦泓依然在拼命地扭动着身体，墙上的石灰扑扑簌簌地掉落下来。卜侃仍在小心翼翼地剪去残剩的衣服碎片。

"我们的计划得以成功，看来还要归功于江南一带的梅雨，"卜侃说，"雨季里连蚂蚁都在打瞌睡。"

卜侃很快就完成了卸去衣饰的任务，他看上去有些气喘。侦探从屏风旁的木桌上拿起一把剃刀，朝麦泓走了过去。

也许应该赶快离开这里，将这件事报告给镇长，辨机和尚心里想。一旦镇长日后获悉他知情不报,他的惩罚将会是十分严厉的。镇长是辨机和尚看着长大的,他之所以从一个捡破烂的小流氓一步步爬上镇长的高位,并统治莘庄达十余年之久,完全是依赖他的无孔不入的情报网。他当上镇长之后,在镇子里收买了至少一百名密探。辨机和尚是因为一册证明自己住持身份的度牒而沦为告密者的。在太平无事的年月,镇长照常发给饷银,可一有风吹草动,镇子里发生的一切都会在顷刻之间供列于他的案前。有一次,镇长对一名来莘庄视察的县督吹嘘说:在莘庄,所有的房子都是透明的,别说是共党,镇子上就是多了一根针也别想逃过我的眼睛……

就在辨机和尚考虑要不要离开祠堂将正在发生的这件事报告镇长的时候,接下来出现的一幕使他觉得此举已毫无必要了,因为他看见镇长本人托着一只茶杯,嘴里叼着烟斗从屏风后面闪了出来。

"事情进行得怎么样啦?"镇长笑容可掬地走到麦泓的跟前,顺手在她的臀部拍了一下。

"一切顺利。"卜倪谦恭而诡秘地笑了一下。镇长满意地点了点头。他将手里的茶杯递给卜倪,随后卷了卷宽大的衣袖。辨机和尚吃惊地发现,镇长脸上的笑容突然隐没了,露出一副狰狞的面孔。他转过身朝着卜倪狠狠地扇了一记耳光。侦探见状吓得连着倒退了几步,怔怔地看着他。

"你们这帮废物!"镇长冷笑了一下,"门外躲着一个和尚你们居然没有发现?!"

辨机和尚从阴暗的佛堂里醒来的时候,天色已近黄昏。他觉得自己的裤子里黏糊糊的,嘴里流出的涎水弄湿了胸前的法袍。辨机和尚蒙蒙眬眬地意识到,今天下午他从镇公所回来后,就来到静修堂念经,窗外的雨声很快使他昏然入睡,不一会儿,他就将脑袋靠在香案上沉沉睡去。

新近入寺的几个和尚在一旁呆呆地看着辨机住持:"师傅,你刚才是不是做了一个梦……"

"失败了。"辨机和尚感叹道。

和尚们面面相觑,有些不明所以。

辨机和尚沮丧地补充说:"我在白居寺修行了三十多年,可刚才的梦境里还充满了如此卑俗的俗念,我一生的努力都白费了。"

6

五月四日的傍晚,小学校长卜侃在散课之后回到了办公室。音乐教师段小佛依旧站在窗口摆弄那只竹箫。悠扬的箫声使屋外飒飒作响的一阵急雨变得十分遥远。

卜侃发现木窗的窗纸已被雨水蚀破,南风夹带着雨丝和酸梅的气息飘进屋来,打湿了桌上的一堆讲义。卜侃从抽屉里翻出一张旧报纸来,准备将窗户重新糊上。

卜侃似乎隐约记得,这张报纸是一个沦陷区的难友从东北带来的。报纸上登载着临汾被日本人攻陷的大幅新闻。在报纸的第四版上,有一则不到二千字的报道吸引了卜侃的视线。

根据一个未署名的记者的分析,日本人之所以在一夜之间攻下了临汾,是由于日本空军在早些时候对隐藏在临汾山区的二十九集团军进行了一次"灾难性的轰炸"。这次突袭事件的发生并非由于通常所谓的中国驻军的情报外漏所致,而完全是源于一个料想不到的意外:日本人的侦察机发现原先一直栖息在山区的一群白鹤突然不见了踪影,作战科进而怀疑,鸟类的大规模迁徙可能与中国军队正向那一带集结有关。日本人的轰炸显然是试探性的,但是却给中国守军造成了巨大的伤亡……

"不可思议……"卜侃自语道,"一群候鸟居然改变了战事的进程。"

"什么不可思议?"段小佛的箫声戛然而止。他朝校长走了过来,从他手里拿过报纸,贪婪地看了起来。

"难以想象。"段小佛的脸上逐渐呈现出兴奋的光泽,"这年头可真是什么怪事都有。"

"不过,"卜校长说,"在春秋两季,鸟类的大规模迁徙纯属自然现象。它们的羽毛一旦觉察到空气的热度出现变化,也有可能改变栖息点……"

"人也一样。"段小佛附和道,"人要是遇上梅雨或者满月的夜晚,照样会想入非非……"

他们正聊着,褚少良推门走了进来。他是来找卜侃下棋的。段小佛赶紧将手里的报纸递给褚少良："褚少爷,你看看这张报纸……"褚少良此刻正好像被一件麻烦事折磨着,他没有理会段小佛,在屋里的一张藤椅上颓丧地坐了下来。

"我要将报纸带回家给老婆看看。"段小佛从门边拿过一把黑雨伞,准备回家。他嘴里这么说,心里想的完全是另一件事:如果我将这则报道改头换面通知镇公所的王秘书,这个小白脸也许会灵魂出窍……

段小佛走后,卜侃和褚少良照例在一只茶几上铺开棋盘,陷入了棋局之中。

下到第十六手,卜校长抬头看了褚少良一眼："少良,你好像有什么心事……"褚少良叹了一口气,将手里的一枚棋子掷入棋篓："还不是那些倒霉的请柬。"

"请柬?"

"是这样,"褚少良解释说,"三天之前,我给城里的一家私人侦探所的同学寄去了一张请柬,让他本月十一号来莘庄参加我的婚礼……"

"这有什么问题呢?"

"我担心那张请帖的日期让我写错了,"褚少良说,"我很可能写成了五月五号。"

"五月五号,也就是明天……"卜校长若有所思地望着门外雨中的一丛芭蕉树。

"这些日子的梅雨把一切都搅得乱糟糟的,"褚少良抱怨说,"城里的那位同学看来明天要白跑一趟了。"

公　　案

一个深秋的傍晚,禅师赵州在江南云游数月之后,带着一名童仆来到了镇江郊外的丹徒地方。

此地位属丘陵腹地,素有穷山恶水之名,远远望去,烟树浩茫,荒冢处处,风物景观与苏杭胜地果然不同。时惟深秋十月,天高云淡。树木凋落,所到之处隐约透出一派肃杀气象。

上灯时分,赵州和尚来到江边的一座旧园投宿。园中杂树丛生,鸟粪处处,有颓房数间,水井一眼。园内主人早已不知了去向,唯有井边的一簇修竹在风中摇曳。傍着断垣残篱,为这座枯寂的旧园带来了些许活气。

晚上,赵州和尚待童仆熟睡之后,独自一人来到园中井边打坐参禅。寒霜初降,月上东墙,风过竹喧,树影幢幢,寂静的花园于衰败之中倒也显出几分枯素景致。

约莫到了二更天的时候,赵州和尚在静修默想中突然觉察到有一股阴冷杀气向他袭来。他转过身去,看见花园的深处隐伏着一座倾圮的阁楼,风过窗动,似有人语,赵州的背脊一阵发凉:莫非阁楼中有人居住?云游途中所经历的一幕幕凶险之象在他眼前依次掠过。

赵州和尚从来不会怀疑自己的感觉,既然杀机已现,看来一场劫难已在所难免,他从行囊中取出一支蜡烛,带上宝剑,悄悄穿过竹林幽径,朝那幢晦暝的阁楼掩步而去。

阁楼的房间里空空荡荡,房中除了一张雕花大床,一个梳妆台,两把藤椅之外别无他物。这个房间原先也许是女眷的卧房,一股幽幽的薰香气息依稀可闻。

梳妆台上搁着一面镜,一本绢质的绣像小说。赵州和尚在梳妆台前刚刚坐下,那本绣像小书突然翻开一页,就像有一双看不见的手在翻动着它,书中所记,大抵是一些志怪异闻,读来倒叫人悚然而惧,更让人觉得奇怪的是,每当赵州读完一页,书纸便自动翻过,赵州和尚虽说屡历险境,道行深纯,但此刻也不免毛发倒竖,惊恐万状。

书中序篇,题为《一把铜尺》,所述故事如下:庆历四年,少女慧云买舟夜渡,去扬州的绍隆寺敬香求佛,她随身携带着一把普通的铜尺,船至江心,忽然狂风大作……当赵州读到月夜尸变一节时,蜡烛已将燃尽,一阵阴风吹来,烛光倏然而灭。赵州忽闻窗外风声鹤唳,江涛拍岸,人语喋喋,似在数里之外。

第二天,赵州和尚带着仆童照例在丹徒境内游历了一番,举目所见,皆无异趣,早早回园歇息,自不在话下。

这天晚上,赵州再次来到了那座隐伏杀机的阁楼里,绣像小书里的故事一个比一个怪诞可怖。当他读到第七个故事时,不觉中单衣已为汗水浸透。这个故事题为《石榴园》,它是

以这样的方式开始叙述的:

一个秀才从城里来到乡间,替他的姨妈看守石榴园,他来到那里的第一天,石榴园中就发生了一件怪事……

赵州和尚还没有来得及弄明白这件怪事的来龙去脉,他的眼睛突然惊恐地睁大了,他看见梳妆台上的那面圆镜中慢慢浮现出一个人的脸来……恍惚中,赵州和尚觉得这个人不仅见过,而且还非常熟悉。

他怪叫了一声,正要拔剑,猛听得背后有人惊呼:

"师傅,是我。"

赵州转过身来,看见童仆正睡眼惺忪地倚门而立,早已被吓得面无人色。

"你到这里来干什么?"赵州似乎余悸未消。

"我一觉醒来,发现师傅已不在园中,便出来四下寻找……"

赵州和尚这才长长地松了口气。

赵州和尚与童仆在丹徒的这座废园中一住就是半月,渐渐已无归意,童仆看到师傅一连数日愁眉不展,面容忧悒,便向赵州询问其中的缘由。

赵州和尚悲叹一声,寂然说道:"看来,你的师傅已昏聩老朽啦……"

童仆正要说什么,赵州用手势制止了他,抬头遥望着星光明灭的夜空。

童仆注意到,在一带黑黢黢的屋脊上空,乌云正在渐渐散去,一弯新月破云而出,照亮了整个花园,月亮的出现引动了深巷里的一阵经久不息的狗吠。童仆曾经多次听师傅谈起过"群狗吠月"这则公案,可亲历这样的场景依然使他激动不已。

当他转过身来,师傅已忧容顿消,正朝他默然而笑。

"师傅何故发笑?"

赵州用手指了指园中那幢阁楼:"一天晚上,我在井边参禅。突然感到背后的那幢阁楼里弥漫了一股阴森的杀气,可我去了那里却发现阁楼里空无一人,我原以为我的神志已流荡失守,直到现在我才明白,那股杀气是由梳妆台上的绣像小书所致……想不到书中文字竟然也有灵性……"

赵州和尚说罢朗声大笑,他的笑声深邃悠长,惊动了远山的飞鸟,达于十里之外。

赝　　品

1

那辆吉普车就停在河边的草滩里,一群孩子围着它。桥的影子像张弯弓,静伏在浅浅的河床下。阳光使墨渍般的阴影加重了,院外的篱边有两棵高大的桑树,叶子长得满满的,风吹得它哗哗直响。

已经过了午后,吸入鼻孔的气息仍然像清晨一样,凉阴阴的。

吕雁对山里的一切都充满了羡慕之意:河流、树木、桥墩,终日沉睡的山谷,以及农妇吃苹果时发出的"咔嚓"声。她从未见过一个人在吃苹果时能发出如此清脆的响声,正在备受忧郁症折磨的吕雁仿佛觉得自己在顷刻之间就恢复了生命力。

村长伏在桌边打盹。他的女儿,一个十四五岁的女孩,目光黯淡地剥着去年的玉米。母亲吃苹果的声音让她感到心烦意乱。

"你就像在吃玻璃。"她说。

吕雁不知道昨晚究竟发生了什么事。她睡得太沉了。半夜里下起了雨。她从床上醒来后首先听到的是雨点落在瓦片上的飒飒声,接着,从前院的方向传来了嘈杂的低语、争吵和辱骂。后来,她听见有人蹲在后院的墙根下哭泣,不过,她很快就又睡着了。

已经是连续两个晚上出现同样的情形了:争吵、哭泣和碗碟摔碎的声音伴随着夜雨开始,天亮雨停时结束。到了白天,家中突然恢复了殡仪馆一般的沉寂,很难听到他们说上一两句话。

吕雁自己也记不清,她多少有点病态的收藏癖是什么时候开始萌发的。最早的收藏品只是一些花花绿绿的糖纸或火花。有许多个这样的晚上,吕雁将自己关在小屋里,漂亮的糖纸排满了整个桌面,小刀在糖纸的白蜡上发出的刮削声驱散了宁静、甜蜜的睡意,清晨的阳光在不知不觉中就照亮了她的窗户。她的母亲怎么也弄不清,自己家里的火柴为什么永远用不完,而父亲则开始为女儿不明来由的疯狂嗜好忧心忡忡。

当吕雁的收藏兴趣从陶壶、旧洋伞转移到邮票上的时候,整个家庭已经有充足的理由为吕雁感到骄傲了。她的第一笔邮票交易收入,在支付了祖父全部的殡葬费用之后,还多了三十八元。吕雁正好用它购买了一本《古董收藏指南》。六个月后,吕雁在玻璃厂拥有了自己的店铺,存折上的数字着了魔似的变化着,原来担心自己会死于营养不良的母亲已在为肥胖症和糖尿病而四处求医了。

不久前,吕雁在天桥的古董市场遇见了两个向她兜售恐龙蛋的人。恐龙蛋一看就是假的,可他手里的一只破旧的、刻着鱼纹图案的盐钵却让她吃了一惊。据说,这只盐钵来自一个叫作"银坑"的地方。当天晚上,吕雁就在地图上找到了这个村庄的名字。它位于河北与山西的交界处,小五台山的北麓,距离北京约有六七百公里。在驱车前往"银坑"的路上,吕雁感到了多年来很少有过的轻松与喜悦。至少有好几天,她用不着为洗脸池上搁着的一枚锋利刀片而想入非非了。

这个村庄像一堆混乱不堪的积木似的,散落在河谷的两侧,一座石桥将它们连在一起。在桥上,吕雁碰到了一位年轻的画家,他自称是中央美院的教师。为了准备第四届全国美展的参展作品,他已经在这儿待了差不多有一个月了。

"你看见那座门前有两棵桑树的院落了吗?那就是村长的家。"画家说,"据说村长的祖上曾做过冯玉祥的书记官。也许你能从他们家的墙缝里挖出一些值钱的古董。"

吕雁用两套冒牌的阿迪达斯运动衫、一块飞亚达手表作交换,获得了在村长家住宿的许可。她的住处被安排在后院的柴房里。对于祖上的经历,村长始终缄默不语。他近来似乎碰到了什么烦心的事,目光躲躲闪闪的。他的妻子,那个长得敦实、肥胖的妇女对此同样说不出什么名堂。当她弯下腰来帮吕雁铺床时,胸前衬衣的纽扣仿佛随时都会绷飞。

现在,吕雁又可以看到山顶上的那棵松树了。隔年的积雪和冰川尚未融化。山坳里有一片岑寂的果园,眼下正盛开着梨花,它一直延伸到一座废弃的寺庙边。阳光越过西边的山头,将瓦砾之中的断墙残垣照得金碧辉煌。在废墟的阴影里,那位画家的身影时隐时现。寺庙前还站着一个牧羊人。白色的羊群像一股水流似的从破败的墙洞里汩汩而出。吕雁数了数,一共是五十三只。

看着那片幽静的山坳,吕雁脑子里忽然跳出了这样一个念头:假如我就是那位画家、牧羊人,甚至是那座寺庙里曾有过的一位撞钟的和尚,处境是不是要比现在好一些呢?她刚刚发出这样的疑问,立刻听见一个清晰有力的声音在回答她:

"那要好得多……"

好像有人朝这边走过来了。那是两个戴头巾的妇女。她们在越过高低不平的塄坎和小山包时,远远看上去就像两只在波浪中沉浮的红色圆球。

这两个女人显然将吕雁当成了一个收破烂的,她们带来了一大堆破犁头、登山者留下的矿泉水的瓶子、牙膏壳、小孩穿的塑料凉鞋,装了满满一麻袋。不过,吕雁还是从这堆垃圾中发现了几件她想买的东西:两枚抽屉的铜把手、一口翠绿色的鸟纹水罐、三只黑釉红边碗、一方缺角的漆盒方盖。

做完这笔交易,天就快黑了。那两个妇女却没有立刻想走的意思。她们笑嘻嘻地站在桑树下,问吕雁昨晚是不是听到了什么动静。

吕雁说,她晚上睡得很沉,被雷声惊醒后听见有人在吵架,还有哭泣声,就在院子里的墙根底下。

"那就对了。"其中的一位妇女向她的同伴挤了挤眼睛,"怎么样,我说得没错吧?"

"还真有这样的事。说实话,我还是有点不敢相信。"

"事情是明摆着的,你信不信都一样。"那位妇女不容置疑地说道。过了一会儿,她又问:"他们在吵架时,都说了些什么?"

吕雁说,昨晚的雨实在是下得太大了,她几乎什么也没有听清楚。她看见房东家的那个女孩正透过窗户朝门外张望。她的手里拿着一件红色的阿迪达斯运动衫,心事重重地在镜前比画着。

"就是这么回事。我从一开始就没有动摇过。等着吧,可有咱们的好戏看了。事情反正是明摆着的。"

可另一位妇女却显得沉稳、老练一些。她提醒对方,在事实没有彻底弄清之前,最好不要过分张扬,因为"这不是一般的事情"……

"他们家究竟出了什么事?"吕雁问道。

两位妇女彼此对望了一眼,又看了看吕雁,随后不约而同地哈哈大笑起来。

"今天晚上你睡觉时留点神……"

说完,两个女人又交头接耳地议论了一番,然后就心满意足地离开了。

晚饭还是老一套,玉米渣粥,腌泡菜,一盘白薯干。村长第一个吃完饭,像只老鼠似的逃离了餐桌,回里屋去了。不一会儿,隔壁的屋里就传来了单田芳那沉闷沙哑的嗓音。

"他倒好,"农妇说,"还有心思听评书。"

她的女儿没有搭腔,因为她也竖起了耳朵。当然,她不是在听评书。收音机的电波受到干扰后发出的沙沙声使她不住地皱着眉头。换上了新的运动服之后,她看上去还挺漂亮的,只是身体的发育程度与她的年龄显得有些不太相称。

"我怎么觉得屋子外面到处都是人……"她对母亲咕哝了一句,"你听,就在窗户底下,还有人说话。"

"你就给我省点心吧。"农妇将手里的筷子重重地拍在桌上,撩起围裙去灶下抹眼泪去了。

"有什么大不了的事,换成谁还不一样?"女孩说。她的鼻子又开始流血了。她用一个小纸团塞住鼻孔,仰起头。

"你要是再敢吭气,我就撕烂你的嘴。你这不知羞耻的东西!"农妇在灶下吼道。她又摔碎了一只碗。

"你以为你是什么好东西?你把我逼急了,我就把家里的事统统抖出来。"女孩朝吕雁看了一眼,然后一脚将饭桌踢得在屋子里打起转来,就像玩杂技似的。

经她这么一说,农妇在灶下果然不再吭声了。

"还不如一把火,将这个家烧了倒也干净……"女孩叫道,

"反正我早就不想活了。"

她的母亲已经打算偃旗息鼓了,可女孩似乎才刚刚进入状态。

大概是母女俩在晚饭时宣泄掉了积蓄的能量,这个夜晚倒是出奇的平静。到了十点钟,天空依然缀满星斗,看来,雨也不会再下了。吕雁在床上看了一会儿随身带来的那本《亡灵书》,竭力控制自己不再去想那枚搁在洗脸池上的刀片。随后,她来到院中的井边刷牙。

村长坐在井栏上等她。他的脸蓝幽幽的,井栏、碌碡、院墙和井边的一棵槐树都是蓝色的。他已经帮吕雁打好了水,一只飞蛾在木桶里凫动着。

村长显然是为他女儿的事而来。他直截了当地问吕雁,能不能帮他女儿在城里找份工作。

"什么工作都行。或者干脆替她找个婆家,什么人都成。"村长说,"我再也不想见到她了,就当我没生这么个女儿。"

村长说,向一个素不相识的人提这样的要求的确是太过分了,但他能想得出来的就只有这一条路。他说他这些天都快发疯了。然后他立即抱住自己的脑袋,做出痛苦万状的样子。

村长说,活着就是受罪。我已经受不了了。

村长说,天黑时,我看见你和那两个娘儿们在桑树下说话。不要相信那两个骚货。其实她们什么也不知道。

村长说,我不能告诉你家里发生的事,你不要问,也不要自作聪明地去瞎猜,即使你把这个世界上能够发生的事都排一遍,也还是猜不到。一大堆煤球铺在地上,只有烧锅炉的人才知道,哪一块煤球捡起来会烫手。

村长说,你能不能明天就将她带走?

"那可办不到。"吕雁说,"回城以后,我可以帮你打听一下。"

"让她去跟你收购古董怎么样?"

吕雁笑了起来。她说她在城里倒是有一个可靠的朋友,是股票交易所的经纪人,认识各路的朋友:"也许可以让他帮着想想办法。有消息我会马上通知你的。"

也许是没想到吕雁这么快就答应了,村长的胆子又壮了起来,说起话来渐渐就失去了控制。

临走前,村长竟然趁吕雁正在刷牙不便反抗之机,一把搂住了她的腰,与她开了一个不大不小的玩笑。他嘿嘿冷笑了两声,对吕雁说:

"这几天我老是在做同一个梦,在梦中老是和同一个姑娘同床共枕。我现在终于知道我梦见的那个人是谁了……"

在回城的路上,吕雁还在想着这户人家可能发生的事。几天前,当这个隐蔽、幽静的山村突然从一片山坳里敞露出来的时候,空气中凉阴阴的草香使她萌发了在这一带隐居终老的念头。当然,这个念头只是一闪而过。她还想起了那个在股票交易所的朋友,他总是一副无忧无虑的样子。在吕雁出发来银坑的前夕,他带着一丝神秘的喜悦告诉吕雁,他准备去一家皮肤病医院做手术,彻底割除掉腋下的"芳香烃"。"等到我们再见面时,你就用不着老是捂鼻子了。"

2

在一幅精心绘制的地图前,罗冰抱着她那架心爱的尼康2000型照相机进入了梦乡。她的父亲罗德辉教授推门走进来的时候,她已经在巴颜喀拉山的绝壁上插下了第一根钢钎。

罗冰躺在地上的一张藏毯上,枕边搁着薄荷型的紫罗兰香烟,一只打火机。烟灰缸已经满了。罗教授在女儿的身边坐了下来,静静地看着她的脸:女儿已经二十八岁了,可怎么看都像个婴儿。他点燃了嘴里叼着的那根雪茄,将视线投向对面的墙上。

这幅巨大的地图几乎占据了整个墙面,地图上标明了中国境内所有海拔在三千米以上的山峰。约有二分之一的峰巅贴上了三角小红旗,并在旗帜的下方留了攀登的日期。其中包括著名的冈底斯山、贡嘎山、祁连山、念青唐古拉山和昆仑山。一九九一年,罗冰作为唯一的一名志愿者,居然混进了中日攀登珠峰的联合登山队。只是在做第三项体能测试时,她才被刷了下来。因此,在地图上占有显赫地位的珠穆朗玛峰暂时还是空白。

罗德辉教授不知道女儿是如何迷上登山运动的。看来问题还是出在一九八五年七月。当时,为填写高考志愿一事,父女俩发生了激烈的争执。在罗德辉教授看来,可供挑选的热门专业很多,像外语、国际金融、经济管理、外贸都是理想的选择。可罗冰却执意要报考中国文学专业,她的志向是成为一名狄金森那样的诗人。有一句话罗冰常常挂在嘴边:要么成为狄金森,要么一无所成。在父女俩各执一词、相持不下的那个炎热的夏季,为了挟制对方,两人竟不约而同地想到了绝食。

在宣布绝食后的第二天早上,罗冰在自己卧室的门边发现了一张小纸条,上面写着:亲爱的女儿,在绝食期间躲在被窝里吃巧克力,是不诚实的欺诈行为。当天深夜,罗德辉教授也看到了从门缝里塞进来的一张纸条,上面写着:亲爱的爸爸,客厅里的饼干桶为什么空了?要知道,饼干渣掉在床上是要生虫子的,请自重。

绝食游戏在第三天中午宣告结束。当时,两个人在分别吞食了三包方便面之后,躺在客厅的地毯上无法动弹了。罗冰最终选择了地理系的地貌专业,总算消除了罗教授对女儿在文学领域备受身心摧残的担心。而实际上,罗冰只读了三年就中途辍学了。对于她突然染上的登山狂热症来说,三年的地貌学专业训练似乎已经足够了。在罗冰赋闲在家的那段日子里,罗德辉教授没有一分钟不为女儿的前途操心。后来他通过关系替罗冰在中国测绘局找了一份临时工,也只不过是走走过场而已。为了让女儿在心理上有所寄托,罗教授在无奈之下决定再度求助于文学。但这毕竟太迟了。他试图重新点燃女儿对于诗歌的热情,而罗冰只是哼哼干笑了几声。

"你不是喜欢那个狄、狄、狄什么的东西吗?"

"噢,你说的是狄金森,狗屎!"

坐在这幅地图前,看着这个堆满了登山器材的杂乱房间,罗教授不无自责地想到,在妻子去世后的这些年月中,他的娇纵已经把女儿宠坏了。他反复计算着这样一个等式:如果把女儿在登山上耗费的时间统统加在一起,可以背会多少个英语单词。可这个问题就像地图上五颜六色的等高线一样让他头晕目眩。

"您怎么还没睡?"罗冰说。她早已醒了,正在哗啦哗啦地翻阅着一本时装杂志。

"我吃了四片安眠药,可还是睡不着。"

"我知道怎样才能让您睡着觉……"

"知道就好。"

"可我办不到。"

罗德辉笑了起来。他从罗冰手中接过一只枕头,挨着女儿躺了下来。天已经快亮了,街道对面卫戍区的兵营大院里响起了嘹亮的军号声。

"最近有什么登山计划?"

"我打算去爬小五台。"

"是在山西境内吗?"

"不,在河北与山西的交界处。"

"你准备什么时候动身?"

"大约两个星期之后。"罗冰说,"我的那辆 2020 吉普前轮有点左偏,我打算将它送到修理厂校正一下。"

"还是一个人去吗?"

"那当然。"

"我给你找个伴怎么样?两个人一起去,要安全得多。"罗德辉说。

罗冰没有吭声。她知道父亲又要搞什么鬼名堂了。果然,罗德辉从衣袋里摸出一张照片,递给罗冰。照片上的这个人留着一脸大胡子,有点像在刻意模仿恩格斯。他站在一面带有木头支架的圆镜前,手里托着一只茶盅。窗帘是红色的,从窗户里可以看到花园里的一座裸女铜像。尽管罗冰目前对他一无所知,可他脸上流露出来的坚定和从容不迫的神色还是让罗冰充满了艳羡。不过,她很快就意识到,她的这一印象多半是由于他脸上络腮胡子的巧妙掩饰,一旦他剃去胡须,嘴角里暗藏的痛楚或苦涩说不定就会一览无余……

"您的意思是让我和他结婚吗?"罗冰问道。

"这也是你死去的母亲的意思。"罗教授说,"约会的时间已经定好了,明天下午两点钟。在雍和宫。"

父亲还在絮絮叨叨地说着什么,罗冰已经在睡梦中再次踏上了去拉萨的旅途。雪山、寺庙、奔腾的河水在汽车的反光镜里交替闪现，甘冽的空气带着冰雪的寒意。罗冰喜欢途中的感觉：目标永远在远方，道路永远在延伸，就像每一个从车窗外掠过的穿着袈裟的僧侣一样，圣地永远不可抵达，隐秘的希望之路被无限拉长了……她听见父亲在她耳边不住地叹气。在他看来，对登山过分的痴迷实际上已经和锻炼身体的目的背道而驰了。人们通常担心身体羸弱而发疯地锻炼，结果往往死于疲劳过度。

"我真的在替你担心，如果地图上的那些山都被你爬完了怎么办？"

"那我就可以去爬八宝山了。"罗冰毫不迟疑地说。

已经过了下午两点，罗冰要等的那个人还没有露面。

她站在国子监门楼前的一片树荫下不安地看着手表。她渐渐有点沉不住气了。她决定再等五分钟。两个五分钟过去之后，雍和宫的门前还是空荡荡的。第一次约会就碰上这样的事，的确有点令人扫兴。罗冰怀疑父亲会不会记错了约会的时间或地点。这些年来，他为了说服自己尽早结婚，都快要发疯了。罗冰在树荫下焦躁地踱着步子，时间在一点一点地过去，她内心的骄傲也开始变得盲目起来，每一分钟都在增加着她的愤怒和屈辱：竟有这样的事……

街道对面有人在不停地按着喇叭。罗冰转过身来，看见那儿停着一辆迷彩顶篷的北京吉普。

吕雁摇下车窗玻璃,将脑袋伸出车外。"这么热的天,你待在这儿干什么?"

"瞎转呗。"罗冰心不在焉地说,"你呢,又到哪儿收古董去了?"

"我刚从你们家来。"吕雁说。她已经从车上下来了。

"你怎么老是趁我不在的时候往我们家跑?该不是看上我爸了吧?"

"很有可能。"吕雁笑着说。

罗冰和吕雁是小学时的同学。她们最初的友谊是从罗冰定期向对方提供高级糖纸开始的。她听说吕雁的古董生意近来挺红火,可不知为什么,就在一个星期之前,她却毫无缘由地用一枚剃腋毛的刀片切开了手腕的血管……

吕雁告诉罗冰,她不久前花了两万元买来了一只清代百蝶瓶,刚才去她家是想让罗教授帮着鉴定一下。

"是真的吗?"

"当然是假的。"吕雁说,"你爹只朝它瞥了一眼,就告诉我是假的,你说气人不气人?"

罗冰从吕雁手中接过那只花瓶看了看,很快就被它的图案和色彩迷住了。瓶胆和瓶颈上缀满了大大小小的蝴蝶,蝶翅呈暗红色,底衬是孔雀绿的云状、火焰状的纹饰。

"蝴蝶倒是有一百只。一只不少。"吕雁笑道,"你爹说,这些年来,他经手鉴定的类似赝品已不下十件。我让他再仔细看看,老头就不耐烦了,他说真正的百蝶瓶早在七十年前的直奉大战中就已毁于战火了。"

她们在树下又说了会儿话。罗冰问吕雁是否有兴趣一起去爬小五台。它在山西和河北的交界处,据说山腰上的一座废庙倒是真正的明代建筑。

"我知道。"吕雁说,"两个月前,我去过一趟。"

临走前,吕雁突然神秘地对罗冰说:"你要等的那个人,我看今天不会来了。"

"你怎么知道我在等人?"

吕雁哈哈大笑起来:"原来不知道,现在知道了。"

罗冰晚上回到家中,将自己满腹的怨恨和委屈都发泄到了父亲的头上。她发誓永远不再跟他说话了。奇怪的是,罗德辉教授脸上倒显得十分平静,仿佛他早就料到对方会失约一样。罗冰两次提起了吕雁,老人也是笑而不语。

第二次约会的地点改在东单公园,时间还是两点。罗冰决定狠狠地教训一下对方。她打算与他一见面,扭头就走。她已经想好了一些足以让他神经崩溃的刻毒言辞,是不是应该当面给他一巴掌,那要看当时的情形而定。不过,对方仍然没有给她提供这个机会。眼看就到三点钟了,那个人迟迟没有出现。在焦灼的等待之中,罗冰忽然想起,东单公园有两个大门。她所在的这个大门与同仁医院毗邻,紧挨着崇文门的非法劳务市场,而另一扇门正对着北京医院的急诊楼。当罗冰急急地穿过东单公园,向西门狂奔的时候,脸上流下的滚烫的泪水吓了她一跳。这是她有记忆以来的第一次流泪。她觉得自己的整个身心都陷入了黑暗之中,而现在,她暂时还看不到它的边际。

当天晚上,罗冰在睡梦中依然气得发抖。竟有这样的事?他妈的竟然有这样的事?嗯?这算是他妈的怎么一回事?这是怎么一回事他妈的?她反复念叨着这几句话。她的耻辱仿佛永远也洗刷不掉了。直到罗德辉教授答应她,将那辆2020北京吉普换成一辆新的切诺基,才使女儿最终安静下来。

往后一连几天,罗德辉教授再也不敢提约会这档子事了。他每天在书房里写字、画画,或者在阳台上摆弄花盆,恢复了刻板的作息起居。父女俩也很少说话。对于女儿的未来,罗教授一反常态地摆出了一副无可奈何、听之任之的架势。

很快,罗冰有点待不住了。她没事总爱围着父亲的书房转。

"上次的那件事,就算完啦?"

"什么事?"父亲茫然不解地看着女儿。

"两次约会都没来,就这么不明不白?就算完事啦?"

"不完还怎么着?"罗教授反问道,"两次失约,言而无信。过几天,我再托人另外给你介绍一个吧。"

"不行。"罗冰说,"我非得跟那小子见一面不可。"

"那又何必呢?"

"你现在就去跟他打电话。明天晚上七点,我请他去工人体育场看球。"

罗德辉教授顺从地走到电话机旁,他将听筒拿起来又放下了。

"要是这一次他还不来怎么办?"老人忧心忡忡地看着女儿。

"那我就一刀杀了他。"

第二天晚上下起了大雨。罗德辉教授正在客厅里看晚间新闻,女儿一身泥水从外面走了进来,她还没有来得及换身衣服就瘫倒在沙发里。

"我完蛋了……"罗冰叫道。

罗教授赶紧关了电视,问她怎么完蛋了。

"我真的爱上那个流氓了!"

"你们已经见过面啦?"

"要是见过面就好了……"罗冰这一说,倒把罗德辉教授逗乐了。看来,对于男女之事,女儿并不像自己所担心的那样懵懂无知。

3

出版社社长李仙洲坐在宽敞的办公室里。他怀疑自己得了健忘症。妻子刚刚来过一个电话,李仙洲只记得她在电话中提到了缝纫机,其他什么也记不起来了。

办公桌上搁着一只缀满蝴蝶图案的花瓶,旁边放着一本两个月前刚出版的《亡灵书》。这本书据说是一位名叫因索的古埃及司理葬事用芦秆和竹管做成的笔,蘸了调和着胶汁的烟墨写成的。法国人商博良(Champollion)为了读通这本书,在尼罗河边耗费了十九年的光阴。在这个安静的午后,李仙洲觉得自己就是商博良,带着治愈神经衰弱的隐秘意图,正在金字塔或神庙的阴影中徘徊不前。而花瓶上的蝴蝶图案使他在转瞬之间变成了一位古董收购商,开着一辆北京2020吉普正独自深入乡村腹地,被一条湍急的河流挡住了去路。在另一个时刻,李仙洲在想象中置身于一辆开往西北的列车上。他坐在窗口,凝视着窗外的阳光、雨雪、风沙中流动的山丘,手里捧着一本里尔克的《果园》,他那结实、高大的情侣(一口就能咬掉大半个苹果)正在千里之外的一个小站上,不安地踱着步子,她的乳房饱满、坚挺,就像两头围栏里骚动不安的牛犊……

让命运的船另改一条航道。这个念头已经纠缠他整整五年了。当时,他的那首题为《成为别人的可能》的长诗刚刚发表。他可以成为任何一个人(比如苏东坡和维特根斯坦),唯独不愿成为他自己。就如一座建造在沙堆上的房屋,修缮是没有什么用处的,除非推倒重来。房屋的每一根梁椽都像神经一样脆弱,每一条瓦缝都在漏雨。他是一只倦怠、行动迟缓、毫无生气的水母。就连刚刚获得晋升的社长的职位,也不能给他带来丝毫的慰藉,相反,它更像是对自己不幸处境的暗中嘲弄。

下午五点一刻,李仙洲从办公室里出来。在晦暗的走廊里,他碰见了一编室的女编辑小胡。她正在锁门。李仙洲朝她笑了一下,而小胡竟然装作没有看见,转身离开了。会不会是她没有认出自己?李仙洲不由得加快了步子,赶上她。两人在寂静的走廊里几乎是并肩走着,他闻到了熟悉的香水的气味。在楼梯口,李仙洲突然在她肩上拍了一下,对她说:

"小胡,昨天晚上,我做了一个奇怪的梦……"

女编辑终于站住了。她冷冷地打量着李仙洲。

"我梦见自己和一个姑娘在澡堂里洗澡。猜猜看,我梦见了谁?"

"操你妈!"女编辑答道。

李仙洲看见在走廊的尽头,样书室的大老李将他那隐鼠似的脑袋探出门外,很快又缩了回去。

他在原地站了好一会儿,似乎在思索着办公室的门到底有没有关上。空气中残留的幽暗的香水味将他带入了自己虚构的梦境中,仿佛他真的看见了女编辑一丝不挂的样子……

在二楼的楼梯口,李仙洲看见一个身穿红色阿迪达斯运动服的女孩坐在台阶上抽烟。她看上去最多也就十四五岁,可她身体的发育程度与年龄显得很不相称。她手里拿着一块抹布,脚边搁着一只盛满脏水的铅桶。

"你就是新来的清洁工吗?"李仙洲问道。

女孩站起来,很有礼貌地点点头。

"你是什么时候来报到的?"

"今天早上。"女孩笑了起来,"九点钟我还去过您的办公室……"

李仙洲不由得拍了拍脑门。他近来的确总爱忘事。刚才他妻子在电话中吩咐他的事也早已被忘得一干二净。她为什么会提到缝纫机?

"是谁介绍你到这儿来工作的?"

"张重果。"女孩答道。她的鼻子似乎在流血,李仙洲看见她的鼻孔里塞着两个小纸团。

女孩说,她原先并不认识张重果,是通过别人介绍的。她还说,她来自河北的穷山沟。她的父母为了让她能够进城工作,都快疯掉了。最后,父母与她的两个婶子终于想出了一个苦肉计……

李仙洲突然如释重负地笑了起来。他的记忆正在恢复。他已经知道一编室的小胡刚才莫名其妙地冲着他发火的原因了。

出版社近期要招一名清洁工,这是李仙洲上任后遇到的第一件事。由于不知如何挥霍刚刚获得的权力,他对每一个前来说情的人都报以同样的微笑,给予同样的许诺:好说,好说……一编室的女编辑在给他送来的一份出版合同中附上了这样一张纸条:

> 亲爱的李社长,我的表姐最近下岗了。我认为由她来承担出版大楼的清洁工作非常合适。知道我将如何报答您吗?阅后务必焚毁。

李仙洲在合同上签完字后,亲自送往一编室。他在合同的夹页中也附了一张纸条,上面写着:

> 亲爱的胡编辑,很高兴在清洁工的人事安排上,我们的意见如此一致。命运注定了我们要同舟共济,互通有无。

半个月后的一天,当李仙洲从一大堆《亡灵书》的清样中发现那张让他心花怒放的纸条时,他竟然想不起是谁写的了。当时,他正忙着赶往昆仑饭店,与他的朋友张重果一起吃晚饭。两人一见面,李仙洲就向对方念叨着他的健忘症。股票经纪人张重果脸色阴郁,他对李仙洲的痛苦显得漠不关心,最近他刚刚去医院做了腋下狐臭割除手术。

"我真的担心自己迟早会发疯。"李仙洲说。

"算了吧,"张重果苦笑了一下,"你的神经系统是不锈钢做的,敲上去当当响。"

"你找我有什么事?"

"小事一桩。"张重果说,"你能不能帮我在出版社安置一个人,扫地,清洗厕所,什么工作都行。"

李仙洲听他这么说,眼睛不由得一亮:"我操,这事说巧还真他妈的巧,我们单位最近还真的需要一名清洁工。"

事情就这样定下来了。

出于答谢之意,临走前,张重果送给他两条中华香烟,一只景德镇出产的花瓶:"这是清代康熙年间烧制的百蝶瓶,又名玉壶春,国家一级文物。"张重果神秘地对他说。

李仙洲回到家中,看见沙发上坐着一个身穿蜡染短袖衫的妇女。她四十多岁,身上有一股酸溜溜的汗味。由于皮肤瘙痒,她的脸上和脖子上留下了几条抓挠的暗红色印迹,湿漉漉的头发像涂了胶水,黏结在脑门上。李仙洲从未见过她。他想,这个人也许就是妻子刚刚请来的保姆,这些天,她一直在唠叨着要请一个保姆。

墙角的落地灯边上搁着两床花布棉被(它似乎使客厅里的空气变得更加燠热了)、一个帆布包裹,棉被把一盆君子兰的花茎都压断了。客厅里光线很暗,窗口吹进来的风也是热烘烘的。

妻子还没有回来。也许是回来后又出去了。她的牙疼已经闹了一个多月了,整天整夜地哼哼唧唧,她只能依靠吞食大量的安眠药来维持睡眠。李仙洲一想到她那红肿、充血的牙床散发出来的腐沤气味,就忍不住要反胃。

这名妇女操着浓重的地方口音跟他说话,伴随着复杂的手势,像鸟语一样喊喊喳喳。李仙洲只能听懂很少的一些词汇,比如说,厕所,车站,缝纫机。要是勉强把这些词汇与眼前的事实连接在一起,李仙洲可以得到一个如下的判断句式:

妻子将保姆领回家中,上了一趟厕所之后,去车站附近的商场买缝纫机去了。

或者:

妻子下班后去商店购买缝纫机,在车站前的非法劳务市场遇到了她要找的保姆,将她带回家中,现在正在上厕所……

这个女人的笑容里有一种淫靡的气息。手臂光裸、细长,白得发青,让人感受到阵阵清凉。裁剪得很合身的衣服领口开得很低,恰到好处地兜住了一对看上去既丰盈又柔软的乳房,就像两只熟过头的、多汁的槟榔。微微隆起的腹部的曲线随着气喘而起伏。由于语言上的障碍,多半还因为李仙洲故作矜持的态度,她显得有些紧张,两腿交叠在一起,不安地战栗着。

她的笑容显然是虚假的,却带有强烈的暗示性。李仙洲又想起了刚才在出版社楼道里碰到的那个女孩,她的阿迪达斯运动服,她火焰一般的眼神。他觉得自己的身体像气球一样迅速膨胀起来,飘浮在空中,没有一点重量。只要李仙洲朝那个女人看上一眼,她马上就傻笑起来。李仙洲问她从哪里来,自己的妻子为什么还没有回家,她只是笑。李仙洲给她倒了一杯雪碧,递到她手中,她又笑了起来。最后李仙洲紧挨着她坐在沙发上,伸手搂住了她的腰。女人突然抽搐了一下,紧紧收拢了身体,惊恐而慌乱地看着他。不过,她的嘴角依然挂着笑容。

这他妈的可不能怪我了……

李仙洲贪婪地看着她,吮吸着她身上的汗味,立即做出了一个大胆的决定。多少年来,无论是在城市的街道上,还是在乡间拥挤的集市里,每一个匆匆而过的女人都在召唤他做出这样的决定。仿佛这些年来紧紧纠缠着的一切难题都在这个决定中迎刃而解了。

女人的反抗显得无力而犹豫不决。她就像一个溺水者徒劳地挥动着双臂,似乎想抓住点什么。她的身体难看地在沙发上扭来扭去。

就在这时,李仙洲忽然听见厕所里响起了哗哗的冲水声。

抽水马桶的声音准确无误地提醒他,除了自己和这位保姆之外,家里还有一个人。难道妻子真的在上厕所?随后,他听见洗脸池的水龙头被打开了。那个人正在洗手。李仙洲敏捷地松开这个女人,窜到沙发对面的一张木椅上,随手抓过一张当天的报纸,一边翻看,一边高声地感叹道:

"我操,天津磁卡又跌了六毛……"

从厕所里走出一个敦实的青年,他留着艺术家般的长发,穿着花格子衬衫,牛仔裤的一只裤管挽过了膝盖,粗壮的手臂上文着一条眼镜蛇。他走路的声音咚咚作响,仿佛楼板随时都会坍塌下去。

"你是谁?"李仙洲问道,"你们找我有什么事?"

年轻人不屑一顾地扫了李仙洲一眼,然后叽叽咕咕地与沙发上的那个女人说了句什么,就拿过桌上的一只遥控器,"啪"的一声打开了电视。

难道这个保姆还带着贴身保镖?问题是保镖在厕所里待的时间也太长了。李仙洲心慌意乱地翻动着报纸,用眼角的余光朝对面的女人瞄了一眼。她的脸上仍带着笑容,只不过多了一层自豪和讥讽的意味。

李仙洲觉得自己正置身于一个巨大的暗房里,黑暗深不可测,漫无边际。好在妻子已经回来了。他听见了她的说话声,就在门外的楼道里。钥匙在锁孔里转了一下,门就开了。

他看见妻子和一个中年男子抬着一架缝纫机,从门外走了进来。他们都累得气喘吁吁。

"让你早点回来去取缝纫机,你跑哪儿去啦?"妻子一进门,就向李仙洲抱怨道,"害得我们累得像死狗一样……"

"咱们家要缝纫机干吗?"

"你是真不知道还是他妈的装糊涂啊?"妻子用一只手捂住嘴,叫道,"我可没工夫跟你闲扯。哎哟,疼死我了。我的每一颗牙齿都松动了。"

妻子身边的那个中年人大步流星地朝李仙洲走过来,跟他热烈握手,还用力摇了摇。

"我哥哥。"妻子介绍说,"他们从于都来,下午刚到。"接着,她把那个正在看电视的青年拽到李仙洲跟前,对他说:"像你侄子这样的壮小伙儿,在出版社做清洁工是不是太委屈了?"

"什么委屈不委屈,"中年男子笑道,"妹夫给孩子安排了工作,我们就已感激不尽了。他在家里也是东游西荡,成天跟人打架……"

妻子说,哥哥嫂子这次来,就打算在家里住下了。一来孩子还小,他们不放心;再说,嫂子还琢磨着在城里开一个裁缝

铺……最后,她在侄子肩膀上拍了一下,对李仙洲说:

"你明天就带他去出版社报到。"

李仙洲支吾了半天,不知道说什么好。突然响起的电话铃声把他吓了一跳。

电话是张重果打来的,他问李仙洲这个周末是不是有兴趣去爬山。李仙洲推托说,他近来的心情似乎不太适合于任何形式的享乐。

"得了吧,与我最近遇到的苦难相比,你的那点麻烦也许根本就算不了什么。等到我们登上山顶,一切烦恼都会烟消云散的。"

4

我的眼睛为什么总是盯着那个地方?

为什么我一看到那只瓶子,痛苦就会顿时减轻?

股票经纪人张重果博士躺在地上的一张竹席上,他觉得自己就是晚年的浮士德。他的目光就像着了魔似的,牢牢地黏附在橱柜的上端。在那里,用来对付狐臭的各式男用香水散发着淡淡的幽香。他知道,一只墨绿色的、装满安眠药的瓶子也在其中。

密如贯珠的雨点敲打着窗户玻璃。电线像是被大风刮断了,房间里一片漆黑。两只蝙蝠绕着吸顶灯撞来撞去。张重果在凉席上摸索着。他先是碰到了一只蚊香的铝架,然后是一盒受了潮的火柴。接下来,他的手触摸到了一个女人的光溜溜的脚趾。

"你在找什么?"吕雁在黑暗中问他。

"香烟。"张重果说。

"我还是给你把蜡烛点上吧……"

张重果说不用了,他觉得黑暗会使他的心情变得平静一些。当闪电划破阴沉沉的雨幕,照亮了花园里狂摆乱舞的树木,他就能见墙角木架上的那面巨大的圆镜。镜子上覆盖着一块红绸布,看上去就像个正襟危坐的新娘。他的一个精通奇门遁甲的朋友曾来察看过这个房间,他说镜子上妖气浓重:"你的灾难就是从这里开始的……"

"不要再想那件事了,"吕雁说,"想也没用。"

张重果说,他现在什么也不用想了。每一分钟,他都在受煎熬,他身体里的每一个细胞都在受苦。

"生活就是无期徒刑,"吕雁说,"一个意志坚强的人一夜之间就会变成毫无生气的水母。你走在大街上,看到每一个迎面走来的人都踌躇满志、笑容可掬,可是他们的心里却是一片黑暗……"

张重果说,要是在乡下,这么大的雨,他的弟弟就会在半夜里将他推醒,催他去河沟里捕鱼。在夏天,他一碰到下雨就兴奋得睡不着觉。"好像昨天我还跟他在激流中打桩下网,今天却已经忙着替自己料理后事了。"

"事情还不至于坏到那种地步。"吕雁说,"不过,那个爱流鼻血的小姑娘,你打算怎么办?"

"我已经想好了。"张重果说,"公司里她肯定待不下去了。我准备把她托付给出版社的一个朋友。他最近刚刚当上社长,也许他那里需要一个电脑打字员。"

"什么工作都行。"吕雁说。她正在找她那把黑雨伞。看样子已经准备离开了。

"有空出去散散心,别一个人闷在屋子里。没什么了不得的。"临走前,吕雁对他说。

吕雁刚走,电就来了。在刺眼的灯光下,那两只蝙蝠带着灰暗的重影,在房间里到处乱撞。张重果仿佛觉得有几十只蝙蝠在他眼前翩翩起舞。在飒飒的雨声中,他的痛苦终于又变得清晰而锐利起来。

五月二十六日下午两点,他正在股票交易所对面的一家餐馆吃饭,一位身穿红色西服的小姐悄悄地走到了他的身边。他甚至没有听清她在自己耳边说了些什么。他只知道,他筷子上夹着的一段熘肥肠怎么也无法送进嘴里。这是最初的情形。

接着,他走到了户外锦缎般的阳光下。从餐馆到股票交易所不到五百米的路程,他几乎足足走了一个小时。就如一个初来京城的观光者,他的心里感到了一种无所事事的寂静。一路上,他反复思索着这样一个简单的算术题:他从银行透支的八百万假如全部用于消费,可以购买多少斤猪肉⋯⋯

大约二十分钟之后,吕雁又打来了电话。

"你不用担心,我还活着。"张重果一拿起电话,就对吕雁说。

"你是死是活,我可管不了。"吕雁嘿嘿地笑了两声,"我刚才忘了一件最重要的事。"

"你说吧。"

"你先点上蜡烛……"

"已经来电了。"

"那正好。"吕雁说,"你看见写字台上的那只花瓶了吗?"

那是一只百蝶瓶,又叫玉壶春,是吕雁送他的生日礼物,据说是清代的真品。

"花瓶下面压着一只信封,里面有两张明晚的戏票。"

"我这会儿哪有心思去看戏呀?"张重果烦躁地说。

"放屁。"吕雁骂道,"你小子少跟我装糊涂,一连三次约会你都错过了,你让我今后还怎么做人?别成天就想着你的那点股票。这次你死活得去。别再忘了。明晚七点,长安大戏院。"

吕雁说完就把电话挂断了。

张重果很快就在写字台上找到了那只信封。除了两张戏票之外,信封里还有一幅照片。照片上的这个姑娘穿着深蓝色的羽绒服,脸被风吹得红扑扑的。她站在一条闪闪发亮的溪流边,身后是银灰色的雪山。一队诵经的喇嘛手摇转经筒,正在走远。照片的反面,有一行用铅笔写成的娟秀的字迹:

一九九二。藏北。念青唐古拉山。

从长安大戏院出来,张重果和罗冰沿着建国门外大街慢慢地朝前走。北京站的大钟敲打着九点。街上到处都是人。他们要是觉得沉默的时间太长,就拥抱在一起接吻。她刚刚吃过冷饮,嘴唇和牙齿都是凉冰冰的,带着一股清新的草莓味。而她的喘息,却像汽车排气管喷出的油烟一样灼热。

他们在地铁车站的入口处停了下来,看了一会儿老年秧歌队的舞蹈表演,然后走进了路边的一家啤酒屋。

啤酒屋里生意冷清,地砖上积了一层厚厚的油污。四个赤膊的年轻人聚在一张桌边打扑克。一个侍者模样的人手持遥控器,不断地更换着电视机的频道。张重果正打算另换一个带有空调的酒吧,罗冰已经在窗口找了个位子坐下来了。

在剧院里,罗冰一直谈论着狄金森,并小声地给他朗诵她的诗歌。假如我们的小船最终沉没了,那只不过是驶入了另外一条海洋。她的窃窃私语很快就使后排的一个女中学生失去了理智,她旁若无人地从座位上跳了起来,对罗冰呵斥道:

"别以为这个世界上就你一个人有学问,狄金森谁他妈不知道?!"

在罗冰喋喋不休地谈论着狄金森的同时,张重果的意识一直深陷在自己痛苦的泥沼之中。因此,这场谈话不免给了他这样的印象:狄金森去医院做了一次狐臭切除手术,她的股票亏了八百万……

他们从戏院出来,罗冰立刻就变得沉默不语了,就像一辆高速行驶的汽车突然熄了火。她说刚才的那个女中学生使她想起了一段往事。它是一条毒蛇,在她脑子里冬眠。它随时都会苏醒过来。

"其实,你用不着非要去谈那件事不可。"张重果对罗冰说,"没人逼你,再说,往后咱们有的是时间。"

"不行,我一定要把它说出来。"罗冰说,"它已经折磨了我十几年了,最重要的是,我不想欺骗你。"

"那你就说吧。"

"你会受不了的。"

"你怎么知道我会受不了?"

"假如我把这件事告诉你……天哪,你无法想象……"

"那你就别说,把它忘了吧,就当它从来就不曾发生过一样。"

"可我总有一天会疯掉的。"罗冰说。

"我现在就已经要发疯了。"张重果不由得提高了嗓门,叫了起来。

"你看,我还没说,你就急了。"她的眼中噙满了泪水,"这件事为什么偏偏发生在我身上?"

她向张重果要了一支香烟,张开嘴巴,做出喊叫的样子,但没有发出任何声音。她说,要是在大山里,你可以尽情地喊叫。没人管你。直到你的嗓子喊破了,流出了血……

门外的台阶上坐着一个拉胡琴的乞丐。他反复地拉着同一个曲子:《九百九十九朵玫瑰》。不时有硬币落在瓷缸里的声音。球赛已经散场了,从工人体育场方向涌来了大批的球迷,他们兴高采烈地吹着喇叭。侍者过来问他们要点什么。罗冰点了一杯冰镇咖啡,张重果要了一瓶啤酒。

"你指的是从学校退学那件事吗?"张重果把手伸到她的脑后,抚弄着她的头发。罗冰将它拿开了。

"不是退学,是开除。"她纠正道。

"结果反正都一样。"

"我要说的那件事,比这要严重得多。"罗冰一口气就喝掉了咖啡,她又要了一杯。

张重果笑了起来。他说,在如今的这个世界上,他不知道还有什么事可以称得上是"严重的"。

"这是最可怕的,"罗冰说,"我鼓足勇气把那件事告诉你,你听了之后只是淡淡一笑,噢,原来是这么回事,这又算得了什么?"

"你刚才还担心我会受不了,现在又怕我听了之后无动于衷。我不明白你到底要说什么。"

"我也不明白自己要说什么。"

罗冰将松散的长发拢了拢,盘在脑后。她的嘴里衔着一枚黑色的发卡。张重果静静地看着她,眼前浮现出母亲梳妆时的样子。她每次给他缝纽扣,都要让他衔一根火柴棍。泪水在他眼眶里打转。

罗冰很快就谈到了酝酿中的登山计划。她打算这个周末就去爬小五台,顺便试一试父亲为她新买的那辆切诺基的越野性能。张重果只是盯着墙角的电视荧屏发愣。

电视机里正在播放着一档文化节目,介绍金字塔、尼罗河以及刚刚出版的《亡灵书》。

在古埃及人想象的天国里,既无黄金和珠宝,也没有宏伟的亭榭殿阁,人们仍然如现世一样劳作,种着小麦和大麦,收割后磨成粉。只是什么担心都没有了。既不用担心尼罗河水位的高低,也不用担心和别人打架。而且天气也要凉爽得多……

5

在三个月后的婚礼上,新娘小胡收到了一份由李仙洲社长派人送来的结婚礼物。那是一只清代的百蝶瓶,但很快就被鉴定为赝品。她用这只瓶子从一个画商手中换回了一幅油画,将它装裱一新,挂在卧室的墙上。

这幅题为《失乐园》的油画据说是第四届全国美展的获奖作品。画面上一座破庙的废墟,在落日的衬照下,反而显得生机勃勃。四名登山者,两男两女正从废墟边的果园里出来。他们全都赤身裸体。他们都在喊叫。

当然,它不过是一幅仿制品。

未　来

九月底，在燕山的南麓，下午过去了一半。幽暗的房间里，张济听到了院中的苹果树、柿子树在风中发出的声音，他甚至能够看见刺目的阳光所敞开的旷野：群山像行走在荒漠的驼队，玉米地被铁栏和门栅分割，秋天的浮云正在证实着他的预感。

约在半个小时之前，他终于获得了准确的消息。它使往事褪色，使道德变得可笑，真理面目全非，使想象变得幽深而脆弱。为了到达，或者说为了回避，张济等待了三十七年。他的希望曾经是院中的那棵苹果树，花朵的隐秘奇迹，那是三月份的春寒可以期待的果实。现在它成了一本令人不寒而栗的书籍，往前翻或者往后翻，都凑不起二十四小时。

他再次想到了芝诺——无数人重复过的幻影；箭镞的疾速飞驰让时间停止；那些萦绕着他的阿拉伯数字仿佛与命运有关。0，这个神秘的刻度足以与无限抗衡。他还想到了令人艳羡的海浪，它的奇妙之处在于，不可能的重复竟然是那样轻而易举。

门开了。阳光像暴风雪一般涌了进来。阿仁带着两名电视台的记者出现在他的面前。

"不用担心,"阿仁小声地对他说,"时间还早得很……"

他给张济带来一沓信纸,一支削好的短铅笔,《伊利亚特》和一本围棋杂志,几枚糖果。阿仁说,糖果虽不像烟草那样可以给人提神,却能让人安心,张济说他感觉很好,甚至可以说很快乐。"我的幸福与不幸与上帝和所有人的相等。"

"我们打算问您几个问题。"女记者手拿话筒朝他走过来,"不会占用您很多时间。"

尽管她两次强调了"您"这个字眼,可还是没法打消她的紧张和恐惧。她坐在他的床边,臀部就挨着他的腿。张济一直盯着她的脸,贪婪地看着它如何由红变白,由白变红。

"我从来不接受任何采访。"张济像个真正的大师那样傲慢地对她说,"假如您想试一试,我的回答多半会让您失望的。"

当摄像机的镜头朝向他的时候,张济原以为会听见磁带卷动的咔咔声,就如在一场露天电影中听到的一样。那是一个寒冷的冬夜,一片可以随心所欲畅快呼吸的甘洌的天空,那是满月向幽蓝的积雪敞开笑脸的完整时间。胶片的咔咔声在寂静中持续,永不停息,他们在草垛和树木之间奔跑,而手电的光柱恰好照亮了一个新娘的屁股。它是那样大,那么白……

"假如有可能,"女记者问他,"您现在最想得到的东西是什么?"

"防弹背心。"张济毫不迟疑地答道。

任凭她如何用力夹紧嘴唇,笑声还是扑扑地喷射出来。看着她那排好看的牙齿,"夹紧"这个词有好长一阵滞留在他的脑际,带给他一种早已淡忘的、羞耻的快乐。

"晚上打算吃点什么?"阿仁将菜单递给他,"我们为你准备了最丰盛的饭菜……"

"是免费的吗?"

"几乎是免费的。"

"'几乎'是什么意思?"

"就是说,你只管点菜,不用考虑由谁来替你付账。"阿仁意味深长地对他说。

张济阴郁地点了点头,表示他明白了对方的特别提醒。他觉得什么胃口也没有。

"明天是怎么安排的?"张济忽然提起了那件事。他没有掩饰自己的不安。

"怎么,他们没有告诉你吗?"

"我又忘了。"

"我也不是很清楚。"阿仁支支吾吾地说道,"一般来说,他们明天早晨六点钟会将你叫醒用早点。假如你没有吃早餐的习惯,也可以看看书,或干点别的什么事。七点一刻左右派车来接你。八点钟到达会场。大会通常很短,无非是请你亮亮相,不要求发言。然后你将坐上另一辆车直奔目的地。沿途的时间不会超过一小时,因为你无需担心交通堵塞……"

直到天黑下来的时候,阿仁和那两名记者才离开。"你真的什么也不想吃吗?"他又将头从门外伸进来。

"我这样就挺好。"张济说,"我一点也不感到担心,再见。"

很快,黑暗淹没了他。建筑物的墙壁和巨大的穹顶将它与星空隔开。他知道,即便他能够看到星星,它们也不再向他显示任何秘密。月亮上的暗影、潮汐、季节和蟋蟀的叫声都是虚幻的。就连屋外渐渐浓重的黑暗也似乎不那么真切。此刻,在地球的某一个角落,正是鸽子飞过海岬的黎明,教堂的钟打着五点;而在另一个偏僻的乡村,麦收时节的淫雨刚刚停息,正午的阳光让人昏昏欲睡;色拉寺的喇嘛从不为黄昏的到来而忧心忡忡,他们习惯了从金粉圣水和酥油灯的阴影中辨认布达拉宫;苏里南的戒指花只在子夜时分绽开她的花蕾,像一把打开后又收拢的伞。此刻,数不清的鸟飞往同一个巢穴。耳语和叹息正在失去最后的耐心。婚礼上的新娘仍在犹豫不决,而养老院的耄耋顽童徒劳地想抓住一点使长寿具有价值的什么东西。

沿着一条看不见的纬度,无论你朝东,还是朝西,无论你越过多少海洋、森林、山川和河流,你都无法走出空间仪表盘上的十字准星,旅行的终点正是命运为你预先所划定的地方。远方消失在一连串的自我怀疑之中,而未来正在缩小。

为什么是我?为什么是现在?

愤怒和怨毒再一次压住了他的心。当张济确信已没有任何办法让他忘掉恐惧的时候,一阵突然袭来的睡意稳稳地托住了他。事实上他并未睡着。半夜里阿仁推着一只装有轮子的铅桶来送夜宵,他们还隔着门栅交谈了很久。阿仁的喋喋不休并未使他厌倦。他知道自己正在经历两种完全不同的时间。他的未来,在通向过去的丛林中开辟着道路。它慢慢伸向远方,铺展着喜悦和安宁。它像阿拉伯传说中的魔盒,打开一只,又是一只,仿佛永远没有尽头;它像被砍断后又重新长出枝叶的月桂树,像不断涌向岸边的海浪……所有的未来将被重新安排。

在他诞生的那个炎热的七月,母亲并未死去。整整一个下午,她都守着摇篮跟他说话,母亲要让他相信,她只是眨了一下眼睛,时间就过去了三小时;决定他后来命运的那件事并不是发生在一个大雨滂沱之夜,而是十一月的清晨,扎向外科医生胸膛的锋利匕首,只是一把卷齿的锯子,它使杏树吐出锯末的芳香,并让树干朝右倾斜。那时他正在姨妈家做客。他听见表姐在屋檐下冲着他大叫:傻瓜,当心!然后杏树就沉重地倒在地上,杏子像水珠一样跳跃着。在另一个午夜,妻子在抽完了两包烟后开始流出了忏悔的泪:第一次是在厕所里,她的伤口还未完全愈合……统计学,高分子化学,遗传生物学将不再使他失眠。实际上,他只要一拿起荷马的《伊利亚特》,就会立即进入甜黑的梦乡。"睡得简直像个死猪一样。"他听见一个女人的声音在他耳边说。他记得那是在一个朋友的婚礼上,一只柔软的手企图将他弄醒。

"不行,我得再睡一会儿。"张济说。

"外面雪下得很大,咱们出去散散步怎么样?"她又开始推他。

"让我再睡五分钟,就五分钟。我实在是太困了。"张济央告道。

"待会儿,你有的是时间睡觉。"一个低沉而有力的嗓音在耳边提醒他,"你想睡多久,就睡多久。"

张济睁开眼睛,看到床边站着两名刑警。看上去他们已经有点等得不耐烦了。

"现在几点了?"张济不安地问道。

没有人回答他。黎明已经在他的房间里投下了确凿无疑的光影,它在灰泥斑驳的墙壁上跳动着,战栗着,仿佛是时间跟他开的一个小玩笑。

一名刑警冷冷地催促他上路,他又看了一下手表。

"去哪儿?"

"去你该去的地方。"

"现在?"

"现在。"

"你们不会弄错吧,我是说……"

那名刑警不动声色地告诉他,原定的公判大会因故取消。枪决将在十分钟之内执行。

"这有点太突然了吧?"

刑警又笑了一下。他说命运有时就是这样。随后,他们不由分说地走上前来,架住了他的胳膊。张济觉得自己的身体像一片树叶一样,没有任何分量。脚镣敲打着楼梯的台阶,给他留下了最后一个毫无意义的数字。

在距离看守所不到五十米远的一块玉米地里,张济和另外七名死刑犯站成了一排。在处决前,他们被允许小解一次。看着那尾被热烘烘的尿液压弯的玉米叶,张济觉得自己就要从一场噩梦中醒来了。

失　　踪

1

一九九四年五月七日的深夜,农学家林展新在跟随一个科技下乡团进驻马祠的前夕,给妻子留下了一封诀别信。当时,他的妻子正在云南出差。

事情来得太突然了。两天前,在农科院的一间会议室里,负责这次行动的吴建国团长与他进行了一次短暂的谈话。他直截了当地告诉林展新,所谓的"科技下乡团"只是一个掩人耳目的幌子,这次行动的真正意图在于查清二十多年前的一桩人员失踪案。除了林展新外,科技下乡团的所有成员都由乔装改扮的警探组成。吴建国最后说:"我们查过你的档案,二十多年前,你曾先后两次被派往那个小镇,进行杂交水稻'红星一号'的育种试验。现在组织上决定让你加入调查组,是考虑到你对那一带的情况十分熟悉。"

第一天和调查组成员同睡的晚上,林展新一夜没有睡好。黑暗中的寂静使他的内心充满了伤感的告别情绪。在他身体里的某个地方,响着潺潺的流水声,它一直将他引往遥远的乡间:麦穗在月光下泛出幽蓝,翠鸟的啼鸣给黎明的冷风注入了一丝柔情;那些低矮的农舍就像一堆胡乱摆放的积木,窗户开向河边的落月,开向秋风中成熟的棉花地和晚稻田……

而此刻,在他的家中,老式座钟下压着的那封诀别信犹如他眼下处境的词不达意的说明书,很可能只是一个拙劣的玩笑。

2

祝云清,年轻的女民兵营长,插队知青,脸庞窄小,皮肤白净,梳着齐耳短发,身挎五六式半自动步枪,白色的确良衬衣,海军蓝咔叽布长裤,脸色阴郁,在走过一条木桥时显得忧心忡忡。

这是保存在一幅褪了色的旧照片里的情景。她的失踪由于一九七六年相继发生的一系列重大事件而变得无足轻重。没有任何人授权或被授权对此事进行过哪怕是形式上的调查。

据说,她是在一年一度的基干民兵实弹演习后突然从小镇上消失的。祝云清的房东,一位退休了的小学教师事后曾回忆说,演习的当天,她赶往邻村照料她即将生产的女儿去了,半个月后回到家中,再也没有见过祝云清。她的房门开着,桌上的一碗稀粥生满了蛆,旁边搁着一本摊开的日记簿和一枚发夹。

一九七六年秋天,林展新去公社大院办理回城的有关手续时,在走廊的一排长椅上见到了这个退休的教师。她是来询问如何处理祝云清遗留物品的。那是林展新第一次听说祝云清失踪事件。

"你还记得民兵演习当天的情景吗?"吴建国问道。

林展新回忆说,那天晚上他正在收听唐山大地震的新闻,河道对岸的汽车喇叭声引起了他的注意。一辆军用吉普车停在公社大院的门口,办公室里灯火通明。许多人从门内进进出出,其中有一个穿白大褂的年轻人,似乎就是卫生院的实习外科大夫庞小强。"好像发生了什么事,但我不能肯定与祝云清的失踪案有关……"

林展新将那幅旧照片还给吴建国,吴建国顺手递给了身边坐着的一位女警官。她叫杨青,刚从警官学校毕业。由于汽车颠簸而导致的呕吐,使她的脸微微显得有些苍白。

"我们是不是就将庞小强列为第一个调查对象?"杨青提议说。

"这恐怕没有什么意义。"吴建国若有所思地看着窗外的暮色,"这个人后来因为一个手术事故被医院除名,不久就发了疯……"

汽车驶下盘山公路,林展新试图从车窗外的街道上找到熟悉的标识物,可是天已经黑了,他几乎什么也看不清。

3

晚上,在河边的一幢三层楼的招待所里,林展新独自坐在沙发上,随手翻阅着一本《园艺手册》。沉重的雨点落在窗户的遮阳篷上,他的忧郁显然加深了。

依照林展新不很确切的判断,这幢三层楼的招待所似乎是建造在一个地震测报站的旧址上。过去,在那苦涩而甜蜜的仲夏之夜,他常常到这一带散步。

他的眼前浮现出一张虚弱、白皙的脸庞,他叫张有礼,高中毕业后被安排在地震测报站工作。实际上,他的唯一职责就是喂养圆塔内的百十只癞蛤蟆。林展新时常看见他拎着一只化肥袋,在茶林、稻田和棉花地里捉虫子。他喜欢写诗,一双清澈、忧郁的大眼睛在这一带神情木然的居民中显得很不相称。

一九七二年秋天,张有礼生了一场大病。他的母亲从儿子昏睡时的胡言乱语中隐约探到了病因,让人给她在省城公安部门任职的兄弟写了一封信。这位当年在马祠声名显赫的游击队长立即给公社革委会发来了一道公函,命令有关方面尽快促成祝云清与他外甥见面,并将结果以书面形式向他报告。

几天之后,在革委会主任戚小禹、武装部部长张青根的陪同下,张有礼在公社大院的一间办公室里见到了祝云清。

这次见面的情形后来被他写入了一首题为《手绢》的长诗里,在《丹徒文艺》上分两期刊登。

林展新回城后,和张有礼维持了几年的通信。林展新给他寄过一套新版的《泰戈尔诗集》,而张有礼则寄来了当地出产的铁观音作为回报。张有礼的最后一封信是一九八〇年发出的。他在信中告诉林展新,由于在一年之中错误地预报了三次地震,他被迫离职。当时,林展新正忙于去北京参加全国科技大会,回信的耽搁同时也意味着他们的联系就此中断。

4

在第二天中午举行的欢迎酒会上,林展新见到了原革委会主任、现在的星火集团董事长戚小禹。

他的腿脚不太灵便,走路有点瘸,但不怒自威的神情一如往昔。当林展新在闲聊中向他打听张有礼的情况时,戚小禹本能地皱了皱眉头,随后就用肯定的语调回答说,他不认识这个人……

这时,给董事长开车的女司机不失时机地插话说,她知道这个人的近况。说起来,张有礼还算是她的一位远亲。他离开地震测报站后,曾换过好几种职业,现在在一所小学当校长。不过,他近来病得很重,你们最好不要去打搅他。

对于科技下乡团的到来,当地官员的态度既不热情,也不显得冷淡。在酒桌上他们更愿意谈论一些轻松的话题。只是,当吴建国无意中提到董事长的那条瘸腿时,戚小禹的脸上再次露出了尴尬之色。他略带讥讽地对吴建国说,既然吴团长对他的残腿有兴趣,不妨……他没有说完这句话,而是很不得体地当众捋起裤脚管,亮出一截肌肉萎缩的小腿。吴建国的脸色也有些难看,幸好,一位小姐进来请董事长去隔壁听电话……

下午,在去年产二十万吨聚乙烯工厂参观的途中,吴建国忽然想起一件什么事来,他轻声对旁边的杨青说:"你刚才注意到董事长的那条腿了吗?"

"好像是枪伤。"

吴建国点点头:"至少有两颗子弹击中了他的胫骨。"

5

在一个偏僻街角的KTV包房里,吴建国开始了他的第一次调查,时间是晚上八点半。不出所料,原先约定的几个主要当事人均未到场。出于礼貌,他们派来了各自的亲属,或者是亲属的亲属,其中年龄最大的一位据说已有九十二岁。

当他们得知这伙外地人请他们来的真正意图之后,都毫无例外地表示了惊讶。因为据他们说,马祠镇上从未来过什么插队知青,祝云清这个名字他们更是闻所未闻。他们不仅口径一致,而且语调也大体相仿,犹如事先经过严格的训练。他们就像学生集体背书似的回答一个个问题,使得吴建国大为恼怒。那位九十二岁的老头看似老朽昏聩,说起话来却逻辑严密。他说,既然这个人从未存在过,自然也就没有什么失踪不失踪的问题,那么我们也就可以告辞了……随后他第一个站起来,张开掉光了牙齿的空洞嘴巴哈哈大笑。那伙人也跟着嘻嘻哈哈地笑了一通,排着队推推搡搡地走出了KTV包房。

一个老年人蜷缩在墙角。他的脸色蜡黄,神情慌乱。瘦弱的身体就像一片随时会被风吹走的树叶。杨青将录音话筒凑近他,问他能不能就他所知道的祝云清的情况提供一些线索。老年人温顺地点了点头。

"真是让人难以相信,"老人用淫秽的目光打量着杨青,又看了一眼墙上的一幅裸体女郎挂历,然后说,"你们对外说是科技下乡团,还装模作样地去养鸡场指导饲料配方,可依我看,你们这次来马祠,显然是另有图谋。"

"我们只不过是顺便打听一些事情。"杨青说。

"顺便?"老人的脸上突然浮现出一线悲戚,语调也变得柔和起来,"我活到这个岁数,早就没有了你们那样的好奇心,你们所要了解的那件事不是秘密。正因为它不是秘密,所以你们什么也查不出来。"

"您指的是祝云清的失踪事件吗?"林展新问道。

老人点点头:"事情是明摆着的,你们根本用不着调查。祝云清的失踪是一个政治阴谋。她是被秘密处决的。"

"是因为当时流传纷纷的桃色事件吗?"杨青掏出了笔记本,可老人伸手阻止了她。

"不,是因为她知道的事情太多了。"老人说,"事实的真相如何已经没有什么意义了。我听说,她是一个孤儿。事隔这么多年,很少有人再去关心这件事。有一种说法,我也只是道听途说:在去刑场的路上,他们就在囚车上弄死了她,摘除了她的肾脏。你们想想看,一个就像你(他指的是杨青)这么大的年轻姑娘,活蹦乱跳的,在囚车上就被人扒光了衣服……"

杨青的脸微微一红。林展新又闻到她身上散发的树脂的香味。

"我不明白你们为什么要到马祠来。这个案子用不着调查。假如是公费旅游,那就是另一回事了。不过,现在的马祠,除了毒品,也没有什么景致好看吧?"

6

在去水库钓鱼的路上,林展新在郊外遇到了一位农夫。他在收割大麦。阳光暖融融的,照亮了芦苇茂密的池塘,而远处的几幢破旧的农舍依然浸没在云块投下的阴影中。当林展新直截了当地向农夫打听祝云清失踪案时，并没有抱什么期望。

在这样一个时代，一伙游手好闲的人煞有介事地来到这个偏远小城，四处打听二十多年前的一桩旧事，本身就带有滑稽的游戏性质。临走前林展新留给妻子的那封诀别信，曾一度燃起他内心交织着仇恨和绝望的快感，现在，它所留下的灰烬只不过是一缕顾影自怜的羞耻。

出乎林展新的预料，农夫的回答差一点让他灵魂出窍。

"我认识她。"农夫用他那浑浊的目光扫视了一下林展新，坚定地说，"我知道她住在什么地方。"

"这恐怕不太可能吧？"林展新说，"因为这个人在二十多年前就失踪了。"

"完全是胡说八道。"农夫似乎十分生气，"就在两个小时之前，我还和她见过面，她还对我说……"

林展新问农夫能不能现在就去找她。

农夫犹豫了片刻，就扔下了手中的镰刀，对林展新说："你跟我来。"

他们绕过那处池塘和一块正在结籽的油菜花地，朝远处的那排农舍走去。林展新在路上就已经感到有些不对劲，事后发生的一切很快证明了他的这种预感。

那个被农夫指认为祝云清的女人实际上就是他的妻子，他们最终来到的地方正是农夫自己的家，门前有一个葡萄架，碌碡边摆着三张椅子，墙上搁着一张木梯，而农夫本人就是原公社卫生院的外科医生庞小强。

"自从出了那件事情以后,他就一直这么叫我,尽管我有自己的名字。"庞小强的妻子,一个健壮的农村妇女对林展新解释说。她看上去五十来岁,嗓音洪亮,眼睛里透出精明和强悍。她刚刚从猪圈里出来,手上沾满了热烘烘的猪粪。

她给林展新让了座,就在葡萄架下。阳光透过有生气的树木和藤蔓,在她的脸上投下颤动的光斑。

"他是什么时候变疯的?"

"一九七六年的夏天。"女人说,"在一次外科手术之后……"

那天晚上下着大雨,她和庞小强刚刚睡下就听到了敲门声。她起来开了门。进来了三个人,都穿着雨衣,站在天井里。手里的电筒还亮着。她看不清他们的脸。他们隔着门帘和内屋的庞小强说话。他们说,有个病人需要做手术,请庞大夫到公社卫生院去一趟。庞小强推脱说,那天不是他值班,请他们去河西找马医生,其中的一个人就火了,什么马医生狗医生,你他娘的去还是不去?

庞小强是第二天晚上回来的。在床上蒙头睡了一夜,就变了一个人。

"你还记得那天做手术的情形吗?"林展新问庞小强。

"你别问他,他什么都记不起来了。"女人央求的目光盯着林展新。

"当然记得。"庞小强像个孩子似的笑了起来,"她没有体毛……"

"别胡说。"他的妻子吼道。

"连胳肢窝里也没有。我做过很多手术,还从未碰到过这样的人。我以为只有在传说中才有这回事。你知道,她的伤在骨盆附近,通常在手术之前,必须先替病人刮去体毛,进行彻底的消毒处理。可她却给我省掉了这道程序……"

"这是一个可耻的秘密。"庞小强的妻子证实说,"我在粮管所当保管员的时候,这个秘密就在粮站的搬运工之间传开了。他们整天为这件事争论不休,还有一个无赖声称为了搞清传说是否属实,他准备去亲自侦察……可当时,我刚刚调到粮站工作,还没有见过她。"

"她是怎么受的伤?"

"枪击。"庞小强肯定地说,"他们根本没有必要将她送到卫生院来,她瞳孔放大,身体冰凉,至少在两三个小时之前就已经死去了。我们替她做的手术,实际上只是一次尸体解剖,不过,她的确没有体毛,一根也没有……"

在林展新的再三要求下,庞小强的妻子答应向他讲述这件事的来龙去脉。

"你们相隔二十多年才来调查这个失踪案,与当时无人过问这件事一样让人感到奇怪……"

她反复强调说,很多事情她也只是听说,何况,她近年来因为睡不着而时常服用丈夫的镇静药,脑子里搅成了一团烂狗屎。

"我真的担心,总有一天我也会发疯的。"庞小强的妻子说。

祝云清,一个普通的女知青,插队到马祠镇的那一年,最多也就十八九岁。她在粮管所当过半年多的会计,就被调往物资供应站。她在公社的小旅社做过一段时间的服务员,又去了幼儿园。自从她被调到公社大院当办事员的那天起,她晋升的速度一下子加快了。先是民兵连长、营长,后来是公社武装部副主任、党委副书记兼妇联主任。一九七五年前后,镇上已经有她即将去县里任职的传闻了。

她升得越来越快,脸色也越来越苍白。她原先就不爱说话,后来话就更少了。不管她走到哪儿,总有一群人在身后跟着。有些人我们在镇上从来没见过。人们只是看见她在公社大院进进出出,在防治血吸虫病的现场会上做报告,看见她随着春节慰问队走村串巷,给军属送喜报,在河边洗头,像个乡村妇女似的蹲在门槛边吃饭。几乎所有的人时常在谈论她,但却没有人知道,在她身上到底发生了什么事。

后来就发生了一件事。镇上的人起先觉得十分蹊跷,细细想了一下,又在情理之中。据说,那天早上还没有一点出事的迹象。她在指导基干民兵进行打靶训练时还有说有笑,可到了中午,她一个人在摆弄一支自动步枪的时候,脸色就陡然阴沉下来。她就像闹着玩似的扣动了扳机,打翻了三个人,接着就朝自己的下腹部开了一枪……庞小强事后告诉我,光是从伤口拣出来的碎骨头就装了半托盘。

女人讲到这里,显露出无法克制的激动。林展新看到她的嘴唇难看地抖动了几下,没有说完的话犹如一只被牙床关住的困兽,几乎就要脱口而出。

庞小强不安地朝妻子瞥了一眼,显得有些不知所措。

7

林展新来到张有礼任职的那所小学,天已经黑了。一位女教师告诉林展新,张校长已经有两年多没有上课。他病得很重,肝腹水。为了防止传染,除了医生外,他不希望任何人去看他。不过她还是说出了他的住址,不远,就在食堂后边的一幢平房里。

张有礼一脸倦容地躺在睡椅上看书。身上盖着厚厚的棉被。睡椅边的茶几上搁着一本字典、一支钢笔。袖珍收音机播送着当天的新闻。

他显然是发现了有人正朝他走近,便缓缓移开眼前的书本,让林展新看到一张枯黄而略显浮肿的脸。

"果然是林先生。"张有礼从椅子上坐起来,没有表现出过分的吃惊,"我从收音机里听说,从省城来了一个科技下乡团,虽然我心存侥幸,但没有想到你真的会来……"

林展新说,本来应当早一点来看他,只是被一些烦事缠住了。

"用不着客气。"张有礼吃力地说,"你能来,这就很好了。"

"你看起来病得不轻。"林展新说。

"我已经在为自己安排后事了。"张有礼无可奈何地笑着说,"连医生都已断定,我活不到吃上今年新收的小麦了……我记得曾在报纸上看到,你在几年前和妻子离了婚。"张有礼歪过头来看着林展新,"现在还是一个人吗?"

"我们后来又复婚了。"林展新不好意思地纠正道。

接下来,林展新克制不住地谈起了自己的妻子,名噪一时的女演员,他们"噩梦般的家庭生活",像毒气一样四处弥漫的日常琐事,妻子的不忠以及他本人的两次外遇,他的悔恨和痛苦,他内心积压多年的一个隐秘的愿望,渴望在这个世界上突然消失……

"就是这个愿望将你带到马祠来的吗?"张有礼笑着问他。

林展新提到了他临行前留给妻子的那封诀别信。"我只是想在这个小镇上过默默无闻的生活,这个想法太天真了。"

"这一点都不奇怪。"张有礼说,"和你相同的愿望纠缠了我一辈子,一分钟也没有离开过……我不知道你现在还能不能记起一个人来?"

"谁?"

"祝云清。"张有礼用极为微弱的声音缓缓说出这三个字,似乎事隔二十多年,这个名字对他仍有一种不可抗拒的魔力,"她当年在小镇上突然消失,也许正是被这个念头撺上了。"

"你的意思是,她只不过是隐居了起来……"

"这只是我的猜测而已。"张有礼陷入了对往事的回忆之中,"她失踪之后,我一直想将这件事查个水落石出。我走访了无数的人,做了无数的记录,甚至,为了能够便利地接触到有关资料,我还毛遂自荐,去县档案馆当了半年的馆员……"

"是不是查到了一些有用的线索?"林展新问道。

"没有。"张有礼说,"没有任何线索。"

林展新提到了外科医生庞小强和他妻子对这件事的说法。不过他省掉了其中的一些细节。

"无稽之谈。"张有礼没有掩饰他的轻蔑和愤怒,"这完全是一个疯子的逻辑。你知道,在打靶现场,用一支自动步枪朝自己的腹部射击,并不是一件容易办到的事。当然,我还听说过有关她的不少传闻。人们的大脑在这件事情上显得过于复杂了。不管事实到底如何,我的感觉告诉我,她还活着,生活在另一个我们不知道的地方。这些年来,她从未离开过我。在寂静的晚上,我听得见她的呼吸;在开着紫云英的河边,我能看见她的脸,她的嘴唇;树木的沙沙声是她在说话,隔着窗户,从夜半到黎明;而她的笑容就是清晨的一道阳光。如果有一天我在大街上突然遇到她,或者,收到一封从远方寄来的明信片,我一点也不会觉得惊奇。万物都向我们保持神秘。"

张有礼顿了一顿,转了话锋:"假如你不过于担心被传染,晚上就住在这里。我很高兴在死前能够见到你。不管你自己如何看待这回的马祠之行,我都将它看成是一次告别,它似乎早就被安排好了。"

林展新刚刚在床上躺下,立刻就做起梦来。蒙眬中他感到张有礼的声音像一条渐渐远去的河流,消失在深夜的风声里。他梦见自己在干涸的河床上行走。出于一种暧昧的动机,她微笑着走近他,突然向他敞露了乳房。林展新用一只手轻轻地托起它,对她说……

8

当林展新又一次从梦中醒来,已经是在返回省城的途中了。汽车的颠簸使得他的身体像钟摆一样,在杨青和车窗之间来回摇晃。她的身上散发着好闻的皂角树的香气。而窗外阴霾的天空乌云密布,雨季正在来临。

面对着无精打采的下属,吴建国对这次行动做了一个简短的总结。他说:"尽管调查并未取得什么实质性的进展,但却基本上达到了预期的目的。因此,诸位没有任何理由垂头丧气。"

在吴建国接下来的一番解释中,下属们脸上的重重疑云很快就烟消云散了。

"作为一个孤儿,插队知青祝云清在小镇上突然神秘地失踪,在当时并没有引起什么事端。但三年之后,也就是一九七九年,祝云清远在海外的舅舅给民政部门寄来了一封言辞激烈的信件,敦请有关部门迅速查清他外甥女的下落。由于种种原因,他的请求遭到了客气的回绝。

"最近,当我们获悉这位亿万富翁对我省的一个大型建设项目表示了投资的意向,并将重新调查祝云清失踪案作为一个附加条件时,情况就变得复杂多了。我们不能直接向马祠派一个调查组,因为就在两个月前,有关部门对马祠特大假药案进行的调查引发了当地的集体械斗事件,那场风波至今还没有平息。当然,我们也不能对投资者的要求置之不理。虽然说,这次调查所得出的结论尚有自相矛盾的地方,但总算可以有个结论了。"

雨开始下了起来。林展新看着窗外雨幕中沉睡的山峦和河谷,忽然想起了一九七六年他离开马祠的情景。当时,一种深深的眷恋使他产生了有朝一日在这里失踪的幻想,而现在,他唯一需要考虑的就是临行前留给妻子的那封诀别信,以及,如何向妻子做出解释。

让 它 去

1

四月末的一天下午,我正在华东师大给学生们上课,系里的教务员突然出现在教室门口。"下课后你得赶紧回家一趟,"她说,"因为你的舅舅丢了。"她告诉我,就在十分钟之前,我的妻子往办公室打来了电话。"假如你的妻子没有说错的话,我相信我也没有听错。"随后,她就离开了。当时,我感到了一种淡淡的惘然,就像阴晴不定的天气使思虑变得纷乱而无从捉摸。

有人说,当上帝真切地期望那人听命于他的时候,便召来他最信任的仆人,他最可靠的信使——悲哀,并且告诉他,紧紧地尾随着那个人,撵上他,缠住他。没有哪一个女人能像悲哀那样温柔而忠实地贴近她所眷爱的人。两年前,我的妻子决定与我分居。我没有表示任何异议。仿佛这是一桩顺理成章的事。假如她提出与我离婚,我抑郁不欢的心境也许会更为轻松一些。不过这都是过去的事了。现在的问题是,我的舅舅丢了,如果要我接受这样一个事实,那就必须首先确定,我是否有过一个舅舅。

在回家的途中,有两件事情值得一提。

当我跳上公共汽车的时候,正值上下班的高峰时间,可车厢里却没有什么乘客。准确地说,除了我和那位正在昏昏入睡的售票员之外,车上只有三个人。首先引起我注意的是一位十七八岁的少女。她有着令人心痛的美貌,而装束和仪表却显得不可理喻。她只穿着一只鞋。手里捏着一把棕色的琴弓。她擦拭眼泪的动作,让人联想起一位正在演出的小提琴手。两个身材高大的男人一左一右,将她夹在中间。他们面无表情,毫不理会她的啜泣和战栗。他们下车的时候遇到了一点小小的麻烦。那位少女死死地抓住门边的扶手不愿松开。她居然与那两个人僵持了十几秒钟。她那柔弱的躯体里竟然蕴藏着这么大的力量,不能不让人感到震惊。

还有一件事。那就是,我忽然想起自己确实曾经有过一个舅舅。听母亲说,是个裁缝,远在福建的莆田。由于家族的频繁迁徙,就连我的母亲也没有见过他。在母亲的弥留之际,她让我尝试性地往福建寄过一封信,但始终未获回音。既然我的妻子说舅舅丢了,那么很显然,那个神秘裁缝此刻已经来到了上海。

2

给我开门的是一个瘦小的、戴着旧军帽的老头。柔软的帽舌耷拉在额前。被阳光晒黑的面颊像是积了一层厚厚的、鳞片似的硬茧。妻子在躺椅上看书。窗外黄昏将尽,暮色中已透出微微的凉意。

据说,这个老人是我舅舅的同伴。他是在车站的人流中与舅舅走散的。他最终能找到这里,是由于写有我们家住址的信封恰巧就捏在他手上。妻子说,这个老头身上带有蛮夷部族后裔的一切特征:语音古怪刺激、相貌猥琐、举止乖戾、不伦不类,而且一进门就号啕大哭,如丧考妣,招来了众多邻居的围观。妻子每说一句话,老人就使劲地点一下头,以表明她的话准确无误。此刻,他蹲在一只盛满清水的脸盆边上,正在给不知从什么地方买来的塑料娃娃上发条。他像一只鼹鼠那样探头探脑,怡然自得,似笑非笑的脸上已然看不出丢失同伴的悲伤。

"整整两个小时,他都在摆弄那只玩具,看它在脸盆里扑通扑通地划水,就在一旁嘿嘿地傻笑。你拿他毫无办法。"妻子说,"他让我想起了某种早已灭绝的史前动物……"

有那么一阵子,我的心情并不很坏。我知道这主要是烟草的作用所致。它萦绕于舌尖、喉管和肺部之间,最后深达丹田,带给我无所用心的安宁。随着舌面味蕾的迟钝,随着大脑获得片刻满足之后必然出现的麻木和厌腻,它将一点一点地消失,就如依附在窗台上的最后一抹斜阳。似曾相识的黑暗很快就会将它吞没。

玩具娃娃不时地触碰着脸盆内壁,发出"铛铛"的声响。我的眼前呈现出一块碧波荡漾的游泳池。在正午的阳光下,池面上蓝色、红色的漂浮物在水底投下弯弯曲曲的影线。那些海豚般丰满圆润的女人,抖动着腿部、臀部富有弹性的肌肉,甩动着长长的手臂,露出刮得很干净的、白皙的腋窝。我还想到了月色笼罩之下的大海,孤寂的水手遇到了新的难题:一个不知道要将航船开往何处的人,灯塔对他毫无用处。我想起了羁旅的行人。风雪交加的车站,除夕之夜糕饼的香味扑面而来。门联和桃符在雨水中渐渐褪色……想起了所有的,就等于什么也不想。如果不是那个戴旧军帽的老头悄悄地来到我的身边,我不知道遐想的游丝最终将会把我带到一个什么地方。往往会有这样的时刻,当你在遐想中感到甜蜜而自由,仿佛所有困扰着你的难题已烟消云散,仿佛此刻的世界仍然像诞生之初那样清新、天真无邪,立刻就有一种令人心碎的忧戚突然将你紧紧抓住……

老头捋起湿淋淋的袖子,让我看了看他汗毛浓密的手腕上戴着的那只电子表。我以为这是一种无声的提醒或催促:时候不早了,我们应该去车站寻找舅舅了。不料,我的妻子却笑着说,他是想给你点烟。果然,老头按了一下手表上某个暗藏的机关,表壳上立刻腾起一缕幽蓝的火苗。我只得掏出一根烟,让他点上。

妻子一直在劝我不要过于担心,尽管她知道我一点也不为此而担心。这是两个敏感得近乎病态的人待在一起所达成的默契:两片镜子相互映衬出同一片虚无。"如果你的舅舅也是这样一个尚未彻底进化的类人猿,他丢了倒也不是一件坏事。"话虽这么说,我还是能够隐约感觉到,她似乎有点喜欢这个戴旧军帽的瘦老头了。她进厨房准备晚饭的时候,老头就在水池边帮她洗菜。她哼哼唧唧地唱着那支我所熟悉的歌。我从未见她这么快活过。一首忧伤的歌经她一唱,竟然也快乐无比。隔着厨房与客厅之间的那块毛玻璃,我看见老头将一面蓝布围裙系在她的腰间,在她的背上打了一个结。由于毛玻璃所造成的视觉的偏差,我仿佛看到,老头一直紧紧地依偎着她,看上去就像一个受到惊吓而不知所措的孩子。

饭后,妻子嘴里叼着一枚牙签,刚刚在睡椅上躺下,老头就像飞蛾扑火似的蹿到了她的身边,替她按摩着双腿。他的身手如此矫健,丝毫看不出是一个上了年纪的人。妻子惊愕地看了他一眼,又看了看我。我想她本可以轻易地阻止这一不合礼仪的举动,但微微张开的嘴唇似乎不经她同意就发出了表示鼓励的哼哼声,伴随着竹椅有节奏的嘎嘎作响,她一度咯咯地笑了起来:"你看看,这家伙有多么野蛮!你拿他有什么办法?"

只有我才能体会到,她所说的"野蛮"一词包含着多少温柔与赞叹的意味。

3

第二天,我给一位熟识的报社记者打了电话,希望他们替我登一则寻人启事。对方说,如果可能的话,也要三天之后才能登出,而且看版面的情形而定。这等于是委婉的拒绝。末了,他毫无逻辑地胡乱安慰了我一通:你的舅舅又不是小孩,他是不可能丢失的。说不定有一天他会自己找上门来,大不了买张返程票回老家。你正好可以省下一笔不必要的开支。何况在道德上你也无可指责,你没有对他置之不理。你给我们报社打过电话,就算是尽到了一个外甥的职责。最后他来了一句:"事如求全何所乐?让他去吧。"

这天下午,我擅自取消了两节形式逻辑课程。有八名学生自愿提出可以帮我去车站一带寻找丢失的舅舅。他们大多是成绩较差的学生,对期末考试没有信心。实际上,我从不在考试这件事上与学生为难。在我长达五年的任教生涯中,还没有给过一位学生不及格。我曾反复向他们暗示:在我的班上,要想考不及格绝不是一件容易的事。道理很简单:假如学生因不及格而补考,我还得煞费苦心地出另一份试题,出席另一次监考,批改另一份试卷,而我也不认为,那些在我看来毫无逻辑性可言的形式逻辑会给那些面黄肌瘦的学生带来任何真正的益处。但每到考试来临,总有一些患有神经衰弱症的学生给我送来烟酒。当然,我在收下这些礼物之前,照例还要推让一番。有一年考试之后,一个长相不俗的女生对我进行了一次特殊的深夜拜访。她是毕业班的学生,此前已有四门功课不及格,如果再有一门课需要补考,她将被勒令退学。我还记得她当时那副楚楚可怜的哀婉面容,以及她那差一点让我灵魂出窍的暧昧的暗示:"我要怎样做才能让您在我的卷子上打六十分呢?"

为了彻底打消她的顾虑,我向她演示了潜心研究多年而发明的试卷批改法:我先将试卷整整齐齐地叠好,然后用一种十分优雅的动作将它抛出去,试卷立即就像扑克牌一样地在地板上均匀铺成一条长龙。经过长时间的训练,我想即便是技艺出众的牌戏高手,其手法亦不过如此。我给抛得最远的那份打上九十分,然后依次递减,直至六十分,大致算是一个回合。

我没有和同学们一起去车站,而是像一个无所事事的人那样回到了自己的单身宿舍,并且立即上床睡觉。只要一关上房门,我就成了一个无所挂碍的人。我钻入被窝,呼吸着阳光在床褥上留下的好闻的布味;随手拿起一本什么书,既不阅读,也不沉思,让大脑维持着懒洋洋的失神状态。我脆弱的心仿佛披上了厚厚的青铜铠甲。我知道,我的这份闲暇与慵倦是时间所赠予的不可多得的礼物:本来我此刻应该在车站一带游荡,寻找舅舅的踪迹,还得忍受汽车尾烟带给神经系统的种种不适。而现在,我可以透过窗台那盆正在盛开的红花,在入睡前一刹那,谛听着远远传来的园丁工人的窃窃私语。我仿佛再次确定地意识到自己并非苟活人世,而是在享受生活。

后来我得知,学生们根本没有去车站。他们在一家保龄球馆待了两个小时。随后,有两位女生去美容院做头发,男生们则在路边观看一具刚刚被发现的女尸。据说死者是一位少女,尸体尚未腐烂,被分割的尸块怎么也无法拼合成一个完整的形状。最后,等到天黑下来的时候,他们在街上遇见一个疯子,就强拉硬拖地带了回来,一口咬定这个疯子就是我丢失的舅舅。他们事先显然都统一了口径,似乎从逻辑上无懈可击。我感到无比气愤。这倒不是因为他们没有去车站——你要想在这个地方生存下去,就必须随时准备原谅所有的欺骗,甚至是玩弄;也不是因为他们竟然以一个疯子来敷衍塞责——谁也不能担保我的舅舅不会在一夜之间突然发了疯。我感到气愤,是因为这个疯子是个女的。

寻找舅舅的象征性行动就这样结束了。后来,我的妻子提出了一个让大家都可以接受的方案:既然舅舅实际上已经丢失,既然我们与他素无谋面,更谈不上什么感情,我们不妨权且将那个戴旧军帽的老头当成舅舅来侍奉。从此以后,这个老头一本正经地当起了我的舅舅。这并没有什么不好。有时,我的妻子也会开玩笑似的问他:不知道你那个可怜的同伴现在怎么样了?那时,老头已经学会了这个城里人人会说的那句口头禅。他一边替她按摩着双腿,一边漫不经心地说:让他去。让它去,是约翰·列侬的一首忧伤的歌。我和妻子都喜欢唱。熟悉的旋律一旦在耳边响起,我就会觉得自己意志坚强,不可战胜。

当黑暗的乌云将我笼罩,
玛丽母亲就会来到我的身边
用她那智慧的忠告劝慰我:让它去。

当晦暝的时间将我抓住
她就会出现在我的面前,说,让它去。

所有生活在这个世界上心灵破碎的人
都会同意这样一个回答:让它去,让它去。

打 秋 千

在诺福克,七月下旬
下午过去了一半

"诺福克,美国中部一座幽僻的小镇。属衣阿华州。盛产烟草、棉花和甘蔗……"

写到这里,李惟翰多少有点不着边际的感觉。事实上他对诺福克在美国确切的地理位置一无所知。管他的呢,他想,写作就是杜撰。人们总不至于为了一首诗评而特地去美国考察一番吧。于是,他接下去写道:

诺福克的居民多为印度支那人、马来亚人杂交的后裔。在拉丁语系中,诺福克一词的词根含有"幸福"之意。这是理解这首诗的关键所在……

飞机正在下降。气流掠过机翼,发出一连串均匀的蜂鸣音。透过机舱的窗户,他仍然可以看到那轮漂浮在昏暗云团之上的圆月。它随着机身的颠簸而跳跃。他知道自己就要抵达目的地了。他熟悉这里的几乎每一条街道。而当城市晦暗的灯火突然从灰蒙蒙的云层中闪现出来,跃入他的眼帘,李惟翰还是感到了一阵隐隐的刺痛。

他看着远处的那轮圆月。它曾经在他童年摇篮的扶手上投下桂树的阴影,使小巷深处爬满常春藤的墙壁变得一片幽蓝,似乎每一扇窗户中都暗藏着一个鲜为人知的秘密。在他去黑龙江插队的列车上,它一路跟随着他,像一尾在水底游来游去的鱼,又像是一只啁啾不已的小鸟,在车窗外深黛色的树林中闪闪烁烁。它曾经照亮过农场遥远的地平线,他的简陋而甜蜜的婚床,他一生中许许多多个寂静的时刻。现在,它成了一块呆板的、褪了色的、褪了又褪的织物。很快,乌云的阴霾遮住了它。

空姐朝他走了过来,让他系上安全带。随着机身的陡然下沉,持续不断的眩晕感涌上了他的额头。他打开记事本,在上面飞快地写道:

> 亨利·泰勒在这首题为《打秋千》的诗中所要表达的中心意象正是眩晕。秋千,类似于卡夫卡笔下的钟摆,两者都暗示了生存的不真实感……

随后,他合上了记事本,闭上了眼睛,等待着飞机的起落架接触地面的一刹那。

这一次,报社派他去武汉采访水灾,允许他在上海停留三天。有许多棘手的事等着他去处理。

他必须去医院与他的前妻做最后的告别。姐姐在不久前的一封来信中告知了他这一消息。她的腹部长了一个肿瘤。医生们替她打开腹腔,仅仅是为了有机会可以将它重新缝上。她的日子不多了,但也不至于很快。她好像有什么重要的话要对他说,希望临终前能够与他见上一面。

他还得去看望他读博士时的导师。这些日子,师母每天都要给他打电话。据说是先生的神经有点不太正常。实际上,他的神经系统一直有毛病,时好时坏,它集中反映在导师眼珠的转动上。李惟翰又想起了师母在电话中幽默的语调:老头子眼珠子是世道人心的晴雨表。五七年被打成"右派"时,他的眼珠每分钟还能转动十七八下;六六年"文化大革命",锐减到十二三下;到了如今,你猜怎么着?它几乎不转了。

另外,假如他没有记错的话,两天之后,也就是七月二十六日,他的一个好朋友要结婚。豆豆是他的中学同学,后来又一起去了黑龙江。李惟翰喜欢朋友,也喜欢仪式,喜欢婚礼中混合着狂欢与忧伤的氛围。

当然,他真正愿意做的事只有一件。那就是去看看他的女儿,带她们去公园或者儿童游乐场。当年,他与妻子办完离婚手续去南方时,她们还在摇床里熟睡。她们是双胞胎,一个叫李动,一个叫李静。现在已经五岁了。他记不清她们的脸,只是保留着一丝模糊的印象：李动好静，恨不得把一天二十四小时全部用来睡觉；李静好动，小胳膊小腿从早到晚踢个不停。他担心与女儿见面时能否将她们区分开来。一想到这对双胞胎女儿，李惟翰的心情顿时就变得复杂起来。她们的降生涉及深藏在他心底的一段隐秘。时间的消逝没有帮上他什么忙。遗忘反而使记忆更加牢固、坚实，历历在目。

在上海逗留的这三天中，他还得抽出时间，写完亨利·泰勒的这篇诗评。他给南方的一家杂志社开了一个专栏，介绍当代诗歌。截稿日期快要临近了。泰勒的这首诗他已经读过无数遍了，它仿佛是专门为他写的，李惟翰觉得自己的生活正像鼓点一样追逐着这首诗的节奏。有时，他感到自己就是亨利·泰勒，或者说他变成了两个人：一个正在通过虹桥机场的出口，走向热浪逼人的茫茫人海；另一个安坐在诺福克小镇幽静的木屋中，写下那些温暖而伤感的文字。

> 她的体力吃不消
> 医院用来对付癌症的
> 射线和放疗药剂

肝胆外科的病房在住院大楼的六层。李惟翰来到那里的时候，正好赶上早餐时间。病人们手里拿着饭盆伫立在各自病室的门口，等着餐车从走廊的另一端推过来。

一位年轻的值班主任带他来到妻子的病房门前。尽管李惟翰有了充分的心理准备,妻子容貌的衰变还是让他吓了一跳。那是一段蚕食后纤维毕露的桑叶,一段白蚁蛀空的朽木。"真是让人难以置信……"李惟翰自语道,眼睛不敢朝妻子那边看。

她服了镇定药,还在昏睡之中。她的弟弟坐在床边看书。

"这就是病魔创造的奇迹!"值班主任双手插在宽大的衣兜里,不时摇晃着身体。他的语调中既有无奈,也有赞叹,"到了这个地步,我们所能使用的维持生命的药物与病魔的进攻相比,微不足道。"

"她知道自己的病情吗?"李惟翰问道。

医生笑了一下。脸上的表情显示出回答这个问题的复杂程度。他说:

"我们没有告诉她。但据我们看来,她应该有所察觉。所谓的不知道,不过是假装不知道而已,这是一种保护性的幻觉,来自巨大的求生本能。我们(他再次强调了这两个字)认为,事到如今,应当明确地告诉她实情。毕竟,她神志清醒的时间屈指可数。至少她可以自己决定如何安排剩下的这点时间。这是出于对病人的尊重。当然啰,有些人就是愿意不明不白地死掉,那就另当别论了。"

看到李惟翰走进来,她弟弟合上那本《四大名捕会京师》,从床边的椅子上站起身来,伸了一个懒腰。

他告诉李惟翰,医生们也许预料到了四号床的病人昨晚要咽气,给她服用了大剂量的安眠药,大概是怕吓着她。那人是一个出租车司机,天没亮就蹬腿走了。尸体是早上拉走的,暂时还没有新的病人补充进来。

"这本书你就留着看吧。"他将温瑞安的那本小说递给他,"我走了。"

他让李惟翰至少待到下午三点,姐姐单位工会的人来了之后才能离开。

她的脸上像是涂了一层蜡。灰灰的,但很亮。下巴尖利,如刀削的一般。头顶秃了一块,连眉毛都掉光了。她的嘴唇不安地抖动着,仿佛在梦中喃喃自语。

十二年前的一天,时间也是早晨。李惟翰刚下火车,他身上的雪片还没有完全融化掉。他轻轻地打开门,走到了她的床边。阳光透过光秃秃的杉树林,照亮了窗台上的积雪。她的脸深埋在松软的枕头里,一只手平放在床侧,一只上举,像一个凫游在水面上的仰泳者。那时,她的时光还是一堆色彩鲜艳的积木,怎么拼都能拼出一个有生气的未来;那时,新买的结婚家具上的油漆味尚未散尽,花瓶中还没有来得及插满芬芳馥郁的百合,他的身上还残留着黑龙江农场的干草味。他就这样坐在床边,一动不动地看着她,舍不得将她唤醒。她醒来的第一件事就是笑。无声的,带着骄傲、惊讶与羞怯,没完没了地笑。

终于,她睁开了眼睛。像看着一个陌生人似的打量着他。

"你是什么时候到的?"她问道。

"刚来。"

"我弟弟呢?"

"走了。"

李惟翰提到了他姐姐写给他的那封信。妻子点点头。她说她现在连喘口气都觉得吃力。护士小姐拎着输液瓶朝她走过来。妻子下意识地举起两只手,反复比较着,犹豫着该用哪只手输液。

护士费了很大的劲才把针头扎进去。另有两个护士一边说着什么,一边给四号床换床单。妻子把头侧过来,问她们:

"四号床是不是出院了?"

"出院了。"护士愣了一下,然后飞快地交换了一个眼神,说道。

"要是今天没有新的病人进来,"等护士们走了之后,妻子低声对他说,"晚上你就睡在这里。"

李惟翰未置可否地看了她一眼。

"孩子呢?"他问道。

"你姐姐把她们领走了。"

他姐姐在市郊开了一家成衣店。生意不好也不坏。妻子说,他姐姐常常来医院陪她,不过从不带孩子们来。"我现在看上去是不是挺吓人的?他们不让我照镜子,不过我从别人的眼睛里能看见自己。"

她还提到了他的两个师弟。他们每个周末都来看她。她指的也许是常知辛和唐金。除了豆豆之外,他们两个人就算是他在上海最好的朋友了。

"人有时只要走错了一步,甚至只是稍稍犹豫一下,噩运就会抓住你紧紧不放。"她的眼泪又流出来了。

"事情已经过去了。"李惟翰说,"别再想它了。"

事实上他们都没法忘掉那件事。它像一枚生了锈的铁钉,打在心脏的深处。在离婚之前,他们都表现出了极大的忍耐与克制,试着接受这个事实。最后还是分了手。他记得妻子从法院出来,曾对他说过这样一句话:"事情并不是你想象的那个样子。"它究竟是什么样子?李惟翰没有多想,也不愿去妄加猜测,因为他的口袋里已经有了一张绿色的离婚证书,还有一张飞往南方的机票。

这时,他突然觉得妻子的眼神有些不太对劲。她先是呆呆地看着他,仿佛在心中盘算着多年前的一件小事。接着,她轻轻地说了一句:"噢,它又来了。"脸部的肌肉随之开始了难看的抽搐。李惟翰从来没有见过这样一张破碎而真实的脸,就像每一寸肌肤都在经受着崩裂、瓦解的痛苦。薄薄的毛毯下面,她的腿高高地耸立起来,整个身躯向上隆起,犹如一只甲壳虫想要将仰翻的身体倒转过来,而每一次都遭到了失败。"该死的,它又来了。"她叫道。指甲在铁床的扶手上划出了刺耳的声音。她试图撕开胸前的病号服,撕开脖子的皮肤,只是为了让自己能喘过一口气来。李惟翰看见回流的血液顺着玻璃软管伸伸缩缩,看见了她那只蹬掉毛毯的纤细的小腿,袜子褪了一半的脚踝。李惟翰俯身问她,要不要请医生来?要不要按床头的紧急呼唤铃?她没有回答。

医生们早就赶来了。他们站在门边,远远地看着她,脸上古怪的表情好像在说,我们也无能为力。门口还簇拥着几个病人,伸长了脑袋朝这边张望。他们脸色灰灰的,有怜悯,有恐惧,也有庆幸:好在不是我……

李惟翰感到妻子向他使了一个眼色,一个含混不清的暗示。他立刻就明白了。她是让他转过身去。她不愿意让他看到自己最为脆弱的时刻。女人对于自己的容貌有一种近乎病态的敏感。她的眼神央求他转过身去,不要看着她。可是她也许并不知道,病痛早已在不知不觉中挥霍掉了她的万贯家产,她已一贫如洗。她的美丽破了产。

李惟翰觉得自己掉在了一个黑得没有尽头的窟窿里。意识的朦胧的光亮不多不少,正好能够照得见他内心的冷漠。他转过身去,看着窗外。他想到了一个古老的字谜。谜面是:比二多一半。谜底是死。

屋外阳光炽烈。病室的空调给他带来了错觉,盛夏变成了春天。窗口正对着住院部的大花园。树木新栽不久,还不足以蔽荫。临近中午的时候,花园里几乎看不到什么人。蘑菇状的凉亭空空荡荡。只是在人工池塘的对面,有两个小孩在那儿钓鱼。

进来一个护士。她给妻子注射了止痛剂之后又出去了。又过了好一会儿,她才平静下来,头发湿漉漉的。

"每天它都要来这么三四次,折腾得你恨不得立刻死掉。"她微笑着对他说,"好在我对它已经习惯了。痛,有时也不是坏事,它可以抵消你对活着的贪恋。"

只有当她笑起来的时候,李惟翰才能隐约回忆起她那张一去不回的脸。他的心里涌动着数不清的箭镞。

"本来,我让你回来,的确有话要跟你说。可是我一看见你,就觉得没有必要了。我们都变了。"她说,"刚才护士给我打了一针,我要睡一会儿。我现在只有两个选择:要么疼痛,要么昏睡。"

她果然闭上了眼睛,但没过多久又睁开来,说:"你真的是变了。"她摇摇头,笑了笑。接着又说,"如果你没事,就在这儿坐一会儿。要是想走,也不用叫醒我,现在,我要睡了。"

妻子熟睡的这段时间里,李惟翰来到阳台上抽烟。看着楼下那座洁净的花园,他又把那件事从头到尾细细地想了一遍。这些年来,他已经让自己习惯了不再想它。他不知道,这件事的种种枝节,有多少是妻子闪闪烁烁地告诉他的,有多少是他自己想象出来的。也就是说,有多少出于妻子的背叛,有多少来自他的怯弱。

五年前六月的一天,她与同事通宵值班。与他们在一起的还有系里的副主任老张。后来,老张接到一个电话,被校长叫去开会了。他们就在宽大的会议室聊天。同事提出来打扑克,她拒绝了。她盯着电视屏幕,看着电视新闻,揣摩着播音员说话的语气,盼望着让应该发生的事发生。那些日子,她成天都处于莫名其妙的激动之中,情绪亢奋,脸上红扑扑的。有时像融化的冰,有时又像坚硬的石头。那是特有的五六月间的眩晕。每一个人都是如此,仿佛一件决定他们命运的大事随时都会发生,而且会发生得像他们想象的一样完美。

到了深夜两点,老张还没有回来。同事从包里取出一盘录像带。她本可以阻止他。因为她的心在远方。那时,她既幼稚,又纯洁,还好激动,多么好啊!在这之前,她的日子还像婴儿一样安静,多么好啊!

于是他们看录像。

看完了一盘之后,他们半天没有说话。寂静是暧昧的。同事问她还想不想再看一盘。她没有吱声。

于是,他又换了一盘。她后来告诉李惟翰,她唯一的愿望是老张赶紧回来。(李惟翰问她,她是不是同时也在希望他不要回来。她想了想,回答说,她不知道。)这时,屋外突然下起雨来,同事去关窗户,顺便拉上了窗帘。

李惟翰没有等到下午三点就离开了医院。

就像
一个人担心一圈钥匙的响声
会打破一片寂静

沈先生背对着他,站在书房的窗前,手里捏着一只放大镜,正专心致志地从花盆里捉虫子。书桌上蹲着一只大白猫,懒洋洋的,眯缝着眼睛,不时用爪子蹭一下脸。

"先生近来还好吗?"李惟翰站在书房的门口,犹豫着该不该进去。

"不好。"沈先生硬硬地说了一句。

师母端着一杯茶,从过道里走过来,朝他吐了吐舌头,示意他到客厅里去。

李惟翰显得有些尴尬。他硬着头皮又问道,先生这些日子都在忙些什么,读些什么书?沈先生这才转过身来,冷冷地打量着他,过了半晌,才说:"准备后事。"

"你别招他。"师母见状赶紧将他推进了客厅,低声对他说,"他的神志不太清楚,你就当他是个呆子。"

沈先生唯一的儿子几年前出车祸去世了。这似乎引发了他对于饲养宠物的疯狂嗜好。先生曾经养过狗、鸽子、金黄地鼠、兔子,现在只剩下了那只大白猫。李惟翰记得,他博士毕业的那一年,这只白猫刚刚捉回来,一只笔筒就足以容得下它。师母说,沈先生如今只愿意和白猫说话,他对所有的人都失去了信心。

再有,就是那些植物和花卉。家里到处都搁着花盆。总共约有六十多株。有些花早已枯死了,可先生仍舍不得扔掉。虫子孵出了卵,长出了翅膀,一到晚上就围着灯罩撞来撞去。

师母告诉他,先生最近的一次发作是在去年年末。他自己掏钱出了一本论文集,印了一千册。收到新书的那天他还挺高兴的,谁知当天晚上他就用放大镜从书中挑出了五十多处印刷错误。后来,他给报社的朋友写了一封信,寄去了勘误表。没多久,那封信就在报上登了出来;没想到,这封不足五百字的短信竟又错了八处。连他的名字都印错了。从那以后，先生整天都在唠叨着，他生活在一个垃圾堆里，因为他自己就是一堆垃圾。

"一天晚上，他硬逼着那只可怜的白猫背唐诗，我才知道他又犯病了。"师母说，"不过，他这次犯病，出书这件事并不是唯一的原因。"

"还有什么事？"

"你先喝茶，不着急，我们待会儿慢慢说。"师母给他往杯中续了水，站起身来，"噢，我差点忘了，你是抽烟的。"

"先生看上去挺正常的嘛。"李惟翰说。

"那只是表面现象。"师母在书架、茶几上乱翻了一通，没有找到香烟，却翻出一只打火机，"他的病时好时坏，你待会儿就能看出问题来了。"

她试了试打火机，还能用。她将它递给李惟翰："我记得去年春节，校长来看望老沈的时候，曾丢下过半包中华，就是想不起搁哪儿了。这样吧，我下去替你买一包。"

师母这样说，吓得李惟翰从沙发上跳了起来。无论他怎样规劝和央求，师母还是执意要下楼买烟。

"我知道，你们抽烟的，烟瘾一上来比什么都难受。"她从门后取出一双套鞋换上，又拿了把雨伞，"你先坐会儿，我去去就来。"

师母走后，李惟翰想去陪导师说说话，但最终又改变了主意。他跟了先生三年，现在还是有点怕他。他严厉的目光总是让人觉得不寒而栗。

李惟翰随手翻着一本杂志,听着屋外沙沙的雨声。他忽然看到有团黑影在对面的墙上晃了一下,他还没有来得及转过身来,一双汗津津的大手突然从身后蒙住了他的眼睛。

"猜猜看,我是谁?"他听出这是沈先生的声音。他嘿嘿地笑着。

"您是沈先生。"李惟翰只得假装猜了半晌,然后答道。

"不对,你再猜。"

"是沈先生。"李惟翰不知如何是好,他又不敢挪开导师的手。

"猜不出来吧?"导师得意地笑着。

好在这时师母回来了。她拎着湿漉漉的雨伞冲进客厅,才替他解了围。

"国破山河在,疑是地上霜。"先生用一把纸扇敲着手掌,在客厅里来回踱着方步。他走到窗前,将纸扇夹在腋下,去侍弄他的那盆米兰去了。

屋外的雨下大了,李惟翰能听见马路上汽车开过时溅起的水声。

师母给他买了两包红梅。一包搁在茶几上,另一包,她不由分说地塞进了李惟翰的衣兜里,让他带回去抽。

"你们听,什么声音?"导师突然侧过身来,眼中流露出惊恐与忧虑。

在飒飒的雨声中,李惟翰听见楼下有人在打麻将。街对面的一扇窗户里隐约传来婴儿的啼哭声。不过声音很小,几乎听不真切。

"有人在敲门。"先生说,他依然僵立在那儿,噤若寒蝉。

"这么晚了,不会有人来了。"师母说,"再说,家里已经好几个月没有来过客人了。"

她说,先生总是这样疑神疑鬼的,他能听见花盆里植物的叶片舒卷的声音,听见花骨朵"啪嗒"一声绽开花蕾。当然这都是幻觉。他说他的耳朵里有海水涨潮的浪涛声,就连茶杯中也有呜呜的风鸣。他的脑筋坏了。

"见到小凡了吗?"师母忽然问他。

"没有,"李惟翰说,"我们已经有四年多没有见过面了。"

"怎么会呢?"师母显得有些惊讶,"你们不是最要好的朋友吗?"

"过去一度是这样。"李惟翰略带讥讽地说道。

曹小凡是李惟翰的大师兄,也是导师八大弟子中最受器重的一位,是导师道德文章的指定传人。

师母看出李惟翰的目光躲躲闪闪的,似乎不太愿意提起曹小凡。"这个曹小凡,这些日子也不知道他到底跑哪儿去了。"

通往阳台的纱门里,涌进来一股股凉气。李惟翰再次想到了他的妻子。想到她在病床上谛听的同一片雨声。还有她的病。它从心里生长出来,成了她每日呼吸的空气,最后毒性凝聚成了水滴,淤积于她的腹部。他想起了妻子反复对他说过的一句话:"错误的人生无法开始正确的生活。"

五年前的那天清晨,她疲惫地回到家中。李惟翰正在床前洗脚。他走了一夜的路,脚上都起了泡。妻子倚着房门,不断地往嘴里塞着薯条、爆米花和巧克力,努力使自己平静下来。她在讲述那件事的时候,语调清晰而绝望。她说她其实不愿意那样做,一点都不想。李惟翰静静地听着,他觉得这件事不可能是真实的。他只是想赶紧找个地方睡一觉。他已经有两个星期没有好好睡过觉了。妻子说,一个人竟然会在毫无压力的情况下去做他生平最厌恶的事。与其说她在向他忏悔,请求他原谅,还不如说她被自己的行为吓坏了。忏悔导致了新的伤害。李惟翰冷冷地笑了一下,问她是不是感到快乐。妻子怔了一下,她似乎没想到李惟翰会问出这么刻毒的问题,她想了想,告诉他:"我的确很快乐。"

第二天下午,他将这件事告诉了他的导师。李惟翰记得,也是在这个客厅里。导师没有听完他的话,就打断了他。

"本来嘛,革命只不过是性的另一个隐秘的形式而已……"

他没有问妻子那个人是谁。他以为这样可以让他尽早忘掉这件事。可这个在暗处的人很快就变成了每个人,具体而清晰。就像一个竭力想摆脱命运纠缠的人,最终反而受到了命运的任意摆布。

师母再次提起了曹小凡。

"是这样,去年的国庆节,小凡来看望沈先生。那时他刚刚从单位辞职去做生意。闲谈中聊起了股票的事。他说得天花乱坠,我们也被他说动了心……"

"不是我们,是你。"导师叫道。

"是我,是我。"师母赶忙改口说,"沈先生一直对股票很反感,按他的说法,炒股票只不过是把别人口袋里的钱划拉到自己口袋里而已。我真后悔当初没有听他的话,更不应该将家里所有的积蓄都从银行取出来,交给他。总共是四万六千块……"

"是四万六千七百五十元。"导师再次纠正她。

"后来呢?"李惟翰笑着问道,"你们赚钱了吗?"

"开始的时候,倒是赚了的。"师母回忆说,"小凡拿走钱后的第二个星期,就打来电话,告诉我们赚了三千。我们当时也高兴了一两天。多点钱毕竟是好事。可后来,他那边就断了音讯。我们给他打电话,没人接;打传呼,没人回。最后我们只得不断地往他父母家打电话。他母亲一会儿说他在杭州,一会儿说他在洛阳,总之是音讯全无。

"直到春节过后,小凡才给我们打来一个电话,告诉我们,他的股票全赔了。赔得一文不剩。当时是你先生接的电话,沈先生听他这么说,就赶紧问他:'我们的那笔钱怎么样?'你猜小凡怎么说?这个没良心的,他竟然用文言文对你的导师说……老沈,他说什么来着?"

"岂见覆巢之下,复有完卵乎?"导师悠然答道,"这是南朝刘义庆《世说新语》中的句子,当时孔融被收,九州遑怖。时融儿大者九岁,小者八岁……"

"你别啰唆个没完。"师母打断了先生的引经据典,"小凡这一句话,当时就把你的先生噎得口吐白沫,翻倒在椅子上,不省人事。说起你先生这次犯病……唉,还提他做什么?这笔钱,可是我们老两口后半辈子的活命钱啊,再说,孩子又走了……"她的眼泪流了出来。

"严格地说来,"先生摇着扇子朝他们走过来,"如今要想体面地活在世上已经是不可能了。受苦是道德的一部分。"

"他净说没用的东西。"师母喝了点水,继续说,"我知道,你和小凡是最要好的朋友,看看能不能找到他,帮我们要回那笔钱,哪怕只有一半。你一定得帮我们找到他,拜托了。"她擦了擦泪水,紧紧地抓住李惟翰的手,仿佛她握住的东西就是她晚年唯一的希望。

李惟翰说,明天晚上他要去参加一个朋友的婚礼。"假如曹小凡也到场的话,我可以和他好好谈谈。"说完李惟翰就从沙发上站起身来。

师母问他在上海能待几天。李惟翰说,他已经订好了后天飞往武汉的机票,他要去洪水泛滥的灾区采访。

"哪来的洪水?长江不是都快断了吗?"先生突然问了一句。

"那是黄河。"师母不耐烦地瞪了他一眼。

师母打着雨伞,蹚着积水,一直把李惟翰送到了街口的出租车上。

> 戒指要祝福
>
> 诺言要作出。还要遵守

第二天下午五点,在靠近外滩的金门大酒店举行了婚礼。

李惟翰觉得他的心情不适合任何形式的欢乐气氛。过了好长时间,他才安下心来。他的师弟常知辛和唐金一左一右坐在他的两侧,不停地与他说话。由于大厅里过于喧闹、嘈杂,另外李惟翰多少也有点心不在焉(他频频看表,惦记着他的双胞胎女儿),他们说了些什么,李惟翰一句也没有听清。

仪式正在进行之中。特地请来的牧师用上海话为他们祝福。豆豆与新娘交换了戒指,互相吻了对方。远远地看着这对俨然沉浸在幸福之中的新人,李惟翰再次想起了亨利·泰勒的那首《打秋千》:

> 老一套的问答会使我流泪
> 听到人声祈祷
> 神圣永久的结合
> 会使我想到
> 任何人的一生都是宝贵的,但不是
> 宝贵得不能
> 献给爱情

钢琴师坐在大厅的一个角落里,弹奏着肖邦、巴赫和柴可夫斯基。只有在喧闹骤停的瞬间,李惟翰才能听到断断续续的乐曲和窗外的雨声。

尽管她弹得不好,有几处还弹错了,他还是能分辨出欢快中的忧伤、热烈中的寂静和遥远,仿佛觉得所有的人语、欢笑和掌声都汇聚成了一条缀满鲜花的小溪,从他的心底汩汩流出,最后变成了甜蜜温柔的喃喃自语,回荡在记忆深处的某一个岑寂的时辰……

"你怎么老是发呆?"常知辛用胳膊碰了碰他。

"差不多有四年没有见面了吧?"唐金用一只手遮住嘴巴,优雅地剔着牙,"我们知道你心里很苦……"

"其实谁都一样。"常知辛亲热地拍了拍他的肩膀,"待会儿喝完酒,我们带你去散散心。"

"咱们哥儿几个总算是又聚到一起了,"唐金满脸酒气地对他说,"别的事就甭去多想了。唉,就差小凡那厮没来。"

"有什么话就痛痛快快地说出来,别老闷在心里。"常知辛说。

"我打算与妻子复婚……"李惟翰低声地嘀咕了一句,连他自己也吃了一惊。好在大厅里突然响起了一片掌声,常知辛和唐金都没有听见。豆豆举着一只高脚杯,拉着新娘,要来为客人们敬酒了。

也不知道是谁开的头,大厅里忽然有人唱起歌来。开始的时候声音很小,但很快就在宽敞的大厅里回荡开了。他们唱的是那首老掉牙的《闪亮的日子》:

> 我们为了理想
> 历尽了艰苦
> ……

掌声稀稀拉拉地响了起来。有人用筷子敲击着碗碟,酒瓶,打着拍子。他们刚唱了几句,另一桌的人用更大的声音压住了他们,另起炉灶:

> 看见了野菊花
> 想起了我的家
> 老头子,老太太
> 咿呀……

"疯了,疯了。"唐金倒跨在椅子上,拍着手叫道。

"就像他妈的传染病一样……还有你,我的姑娘,咿呀……"常知辛一边说,一边唱。

就这样,歌声从这一桌蔓延到另一桌。李惟翰感到自己有点醉了。唐金还在往他的酒杯里倒酒。喝吧,喝吧,喝死就算啦。随后,他跳到椅子上,亮开嗓子唱了起来:

> 我们的世界呀
> 就像一个垃圾场
> 一堆臭虫在里面

你争我抢
吃的是良心
拉的是思想

唐金这一唱,大厅里突然一片死寂。客人们面面相觑,似乎有点不知所措。李惟翰看见桌面、窗户、吊灯、墙壁上的大红囍字都在旋转,越转越快。大厅里婚礼的盛宴开始变得不真实,一阵哄笑和喧哗响起在大厅的另一侧。李惟翰觉得这声音就像是从阒寂无人的山谷里传出来似的,来自山涧湍急的水流。宾客们要求豆豆和新娘当众接吻。他们显得犹豫不决。于是,大伙儿又一块喊:

一二三四五,我们等得苦
一二三四五六七,我们等得好着急
……

"我想出去透透气。"李惟翰摇摇晃晃地站起来,常知辛和唐金扶着他。三个人跌跌撞撞地来到了酒店的门外。雨下得正大。马路上的大树被风吹得狂舞乱摆,雨点密密麻麻地泻在街面的淤水里,荡起了一层水雾。

他们刚从酒店里出来,豆豆就撇下新娘从里面追了出来。他拉住李惟翰说了会儿话,然后看了看唐金和常知辛,问道:"你们打算去哪儿?"

"你管我们去哪儿。"常知辛一脸苦笑。

"我们陪老李去散散心。"唐金说。

"散心？去哪里散心？"

"我们哪儿也不去。"常知辛说,"我们送老李回家。"

豆豆将信将疑地看着常知辛,正要说什么,唐金朝他挤了挤眼睛。豆豆转过身来,看见浓妆艳抹的新娘早已出现在廊下。她扭动着肥胖的腰肢,冷笑着,咯吱咯吱地走下台阶,来到豆豆的跟前,不由分说地揪住了他的一只耳朵。豆豆咿咿呀呀地叫着,斜着身子被她拽走了。

"豆豆这个人,"唐金点了支烟,笑道,"假如他一天打来十个电话,至少有九个是问我们晚上去哪里,好像我们随时随地都会将他抛弃似的。"

"豆豆是世界上最孤独的人。"常知辛叹了一口气,"好不容易找了个女朋友,没想到这个女人力大无比,有万夫不当之勇,动不动就要拿电视机砸他……"

酒店里仍有人在恹恹地唱歌。他们在廊下站了会儿,等着这场暴风雨过去。

"我得走了。"李惟翰抬腕看了看表。

他要去姐姐那儿看看女儿。第二天早上九点钟,他就要赶往武汉了。

"不急。"常知辛说,"我们先去找个地方醒醒酒。"

他们去了街对面的一家泡沫红茶馆,在那里待了两个多小时。随后又去海上小屋看了一会儿歌舞表演。

他们从那里出来,已经是午夜时分了。他们来到大街上,雨还在零零星星地下着。唐金伸手拦住了一辆出租车。李惟翰说,他现在一定得走了,说不定他姐姐还在等他。三个人在车门边僵持了半天,常知辛想了想,说:"那就先上车再说。"

"我们去哪里?"李惟翰不安地问道。

"到了那儿,你就知道了。"唐金吸着烟,神秘地朝他笑了笑,"我们也拿不出更好的东西来招待你了。"

出租车在雨中行驶了半个多小时,驶入了一条僻静幽深的小巷。有一两处酒吧亮着昏暗的灯光。从火车汽笛悠长的鸣叫声来判断,他知道这个地方离车站不远。

出租车刚刚在酒吧的门前停稳,常知辛就突然哈哈大笑起来。

"唐金,我刚才和你说的话没错吧?"

唐金也跟着哈哈大笑。

接着,李惟翰也忍不住笑了起来。

在黯淡的灯光下,他看见豆豆正站在门前的台阶上朝他们挥手。

"这小子,你拿他有什么办法?"唐金骂道。

"我早就猜到你们会来这里。"豆豆的语调中充满了被冷落的忿忿不平,"想甩掉我,亏你们想得出来。"

"我们是担心你到这里扑个空,过来陪陪你。"常知辛回过头来,对李惟翰说,"你放心,这个地方我们常来,绝对安全。"

李惟瀚在走进酒吧的同时,显然已经知道了此行的目的。

他在心里盘算着,在明天九点飞机起飞之前,如何挤出两个小时去看看女儿。她们说不定已经变得让他认不出来了。他想象着女儿和他说话时的样子、声音,想象着他怎样用手去抚摸她们的小脑袋,而她们用同一个动作将头撇开。他的心怦怦乱跳起来。他沮丧地联想到,自己的一生都在想方设法去做他不愿意做的事……

酒吧里的气氛既暧昧,又让人沉醉,兴奋中透着紧张。几个男女对着一支蜡烛在角落里喃喃低语。他们的脸色模糊不清。一条窄窄的楼梯通向二楼,不时有几个身穿西装的人从楼上懒洋洋地下来。常知辛正和酒吧老板小声地嘀咕着什么,而豆豆却眉飞色舞地向唐金讲述洞房出逃的历险。

过了一会儿,常知辛来到他身边,让他到楼上去。李惟翰推脱说,他还没有准备好,尚未找到感觉。老板笑了笑,说,这种事没什么好准备的,上去了,就会有感觉的。最后,还是常知辛和唐金先上了楼。李惟翰和豆豆坐在窗口聊天。

他们聊起了在黑龙江农场迷路的那个夜晚。那是八月的一天,天气要比这里凉爽得多。他们沿着夕阳下的草滩往前走。两个小时之后,他们迷了路。他们喝得醉醺醺的。黑夜从桦树林的上空压了下来。月亮升起的远方传来了琮琤的流水声。豆豆说,如果他们一直往南走,就能走到安徽的老家。他们步履蹒跚地朝前走,将手里的酒瓶递来递去。迷路,正是他们所希望的。他们经过了一条黝黑发亮的小溪,一片结了籽的油菜花山坡,一顶排满蜂箱的帐篷,一艘废弃的小船(船舱里开满了野花)。他们看到了一个猎人,一条猞猞叫着的、怀了孕的母狗。到了午夜时分,他们自以为来到了世界的尽头,就躺在一簇白桦林里睡着了。第二天早上醒来的时候,他们吃惊地发现,他们所在的位置距离兵团的驻地,只隔着一条小河,他们可以看见各自宿舍的窗户。连队的卫生员,他们偷偷爱慕的那个江西姑娘,正在河边晾衣服。

"要是可能的话,"豆豆说,"我真愿意每个早晨都从那片桦树林里醒来,太阳光照在身上,不冷也不热……"

很快,豆豆也上楼去了。常知辛和唐金还没有下来。李惟翰觉得有点困了,就伏在桌上打了个盹。

他醒来的时候,看见身边站着两个警察。同时,他感到背上热烘烘的。一个扛着摄像机的人站在门口。炽烈的照明灯使他怎么也睁不开眼睛。

> 那时我看着我的孩子们
> 知道她们像万物一样生长
> 但不会回到童年

早晨,两名警察把他从牢房里带了出去。他被推进了一间理发室。理发师那双沾满肥皂沫的手柔软地抚摸着他的脸。他给李惟翰剃了头,还刮了胡子,这都是不祥之兆。

接着他上了一辆囚车。两名押送他的警察古怪地向他微笑着。他不知道车往哪里开。他觉得自己不是在黑暗的囚车里,而是坐在儿童游乐场的过山车里。强烈的眩晕感使天空和大地变成了一个万花筒。"我们去哪儿？你们是不是打算枪毙我？"李惟翰问道。警察没有回答他的问题,而是仍然对他微笑着。其中的一名警察还给了他一支烟。随后,他们又聊起了罗马尼亚发生的事变。同时为在紧急状态下枪毙齐奥塞斯库夫妇是否人道发生了争执。

"如果你们要枪毙我,我有权提前知道。"李惟翰说。他感觉到自己只是象征性地张了张嘴巴,没有发出任何声音:"我可不喜欢突然死亡法……"

透过囚车唯一的玻璃窗,李惟翰终于辨认出,囚车行进在通往学校的高架公路上。是不是去学校开公审大会？如果是这样的话,还不如秘密处决。他一想到临刑前的那种公正、合理,甚至是优雅的折磨就心惊胆战。不过,按照导师悲观的论点,每个人无一例外地都会经历这种宣判,只是经受折磨的时间或长或短。这样想来,他又感到自己多少还得到了一点慰藉。

囚车驶进了学校的大门。大礼堂前人头攒动。李惟翰觉得自己再也不能等待了。于是,他用尽全身的力气朝那个警察愤怒地叫道:"你们是不是要枪毙我？"

这一次,他发出了声音,把身旁的常知辛吓得大叫起来。李惟翰也睁开了眼睛。

"别自己吓自己了。"唐金笑着说,"这么点小事怎么至于枪毙呢？再说,你的确什么也没干。"

李惟翰意识到自己是在闸北区的一个看守所里。他微微红了脸,心脏却还在狂乱地跳个不停。他知道自己刚才做了一个梦。但它并非虚幻,只有他能够明白它的真实性,仿佛是在一张旧地重游的旧照片里的情景:

> 那里的空气,阳光
> 都像这里
> 那是容易忘记的一天,但哪一天
> 多久以前,我试图确定时间
> 记忆却一去不返

透过看守所的栏杆,他能看见门外阴暗的长廊,巡游的看守在栏杆下露出的双脚。而更远一点的院子里,在阳光可以照得到的地方,草坪碧绿,闪闪发亮。蝉声在高大的杨树林里响成了一片。

他看了看表,时间已经过了上午九点。他已经错过了飞往武汉的班机。他心里反而感到了轻松自在。

豆豆靠墙坐在地上,还在喋喋不休地与酒店老板纠缠不清。

"你不是说你在警察局有内线吗?你不是说万无一失,绝对不会出事吗?嗯?我们怎么会被捉进来的呢?"

酒店老板一个劲地朝他使眼色。央求他不要再说下去了。

"算了吧,"唐金说,"你在这里关两天就出去了,他这下可就惨了。"

豆豆说,他真正担心的是他的妻子虎妞。撒谎也许起不了什么作用,因为她很可能会在电视新闻中看到他。他说虎妞的那双手就像铁钳一样。"你一旦让她掐住了脖子,就只有翻白眼的份了。"

"你不是也学过几年武术吗?"常知辛说,"不至于任人宰割吧?"

"她通常是趁我喝醉了酒,意志薄弱、毫无反抗能力的时候,才突然下手……"

"这样的人,你竟然也会和她结婚?"

"不结婚能行吗?"豆豆一边说,一边捋起裤管和衣袖,露出了一条条结痂的斑痕,"你们看看,这都是她拿水果刀扎的。"

他们正说着,进来两个警察,将酒店老板带走了。过不多久,常知辛、豆豆和唐金也被他们带了出去。临近中午的阳光照亮了空空荡荡的走廊,看守所里一片静谧。

李惟翰不再为错过九点的飞机而忧虑,甚至,看守所里的寂静不再让他难以忍受。世上没有什么事情是无缘无故的。他的心里很平静。只是窗外七月的骄阳,让他忍不住要流泪。他想,再也没有什么东西可以伤害他了。

下午两点,李惟翰被带进了审讯室。他们没有让他坐在那张专门用来审问犯人的木凳上。一位上了年纪的警官将早晨搜去的记者证、身份证和笔记簿交还给他。

"我们已经查清楚了,你没有参加昨晚的淫乱活动。"他说,"不过。这并不能证明你纯洁无辜。只不过,你没有来得及上楼……"

李惟翰没有为自己申辩。他的逻辑是成立的。

"打个电话吧。"警官指了指桌上的那部电话机。

"给谁打电话?"

"随便什么人。"警官不耐烦地说,"让他带上三千元罚金。"

李惟翰说,他的妻子正生病住院。

"这个我们不管,不一定非得让你的妻子来。亲戚朋友,什么人都行。交了罚金,你就可以走了。"

李惟翰想了想,拨通了姐姐的电话。

姐姐问他昨晚为什么没有回来。她等了他整整一个晚上。小东西高兴得什么似的,她们差不多也一夜没睡。只是到天快亮的时候,她们才趴在缝纫机上睡着了。她问他现在在哪儿,问他能不能立刻赶回来。

"我要告诉你一件事。"姐姐说,"医院刚刚打来了电话……"

他的妻子昨天深夜在医院去世了。姐姐说,她没想到会这么快。她并不是死于癌症,而是死于突发性心脏病。

从殡仪馆出来,李惟翰叫了一辆出租车,来到了姐姐在市郊的成衣店。他远远地看见,在一棵高大槐树的浓荫里,两个女孩穿着同样的镶着花边的连衣裙,并排坐在门前的台阶上喂鸟。

他的眼泪一下就涌出了眼眶。他轻轻地朝她们走过去,仿佛担心自己的突然出现会吓着她们。

"你找谁?"一个女孩站起身来,对他说。

"我找姑姑。"李惟翰答道。

"你是谁?"她又问道。

"我是爸爸。"

姐姐从屋里出来了。她刚才在午睡。脸上还留着藤椅压出的印痕。姐姐说,她本来也要去殡仪馆送送她,只是两个小家伙没人照管。"她们知道你要来,一大早就坐在门口等着。"

"谁是李动?"李惟翰看了看这两个孩子,蹲下身子,一手揽住了一个。

"我是李动。"

"我是李动。"

"不,你是李静。"

"你是李静。"

她们就这样吵着、叫着,像纷乱的阳光一样嘤嘤作响,鼓荡着他的耳膜。

"我也分不清。"姐姐笑着说,"她们的名字早就弄乱了。无论你叫哪一个名字,她们都会一起跑过来。也许只有她们的妈妈能够把她们区分开来。"

"你是李动。"李惟翰对那个手里提着鸟笼的孩子说,"因为你的手指上缠着一块纱布。"

"那是让熨斗烫的。"姐姐说。

"你叫李静。"他又对另一个孩子说,"因为你的手指上没有缠纱布。"

她们想了想,几乎是同时点了点头。随后她们就从他怀里逃开了。

"她们现在跟你还不太熟,"姐姐说,"过一阵会好的。"

"我也有点不太适应。"李惟翰说。

姐姐问他打算怎么办,还去不去武汉?她给他沏了一杯茶。

"我还没有想好。去哪儿都一样。也许我会留下来,在上海找一份工作。"

"孩子们呢?"她又问,"你要领走她们,我还真有点舍不得。"

他们又聊了些别的事。过了没多久,李惟翰对姐姐说,他打算带孩子们出去玩玩。他想单独与她们待一会儿。

听说要出去玩,两个孩子又都朝他跑过来了。她们一个要去公园的儿童游乐场,一个要去医院看妈妈。

"我们还是先去公园吧。"李惟翰说。

他们离开了成衣店,出了弄堂口,来到了大街上。两个孩子像绒球一样跟着他,从他身体的左边滚到右边,又从右边滚到左边。她们告诉他晚上的闪电和雷声是多么的吓人,被熨斗烫伤的手指是如何的疼,她们叽叽喳喳地说个不停。她们叫他"爸爸",开始是怯生生的,有点害羞,像是在试探他的反应。她们频繁地使用这个词,只是对它感到新鲜和惊奇。

公园里看不到什么人,湖面宽阔,树木静穆,午后的阳光懒洋洋的,让人恹恹欲睡。他们去湖上划了船,去游乐场坐了过山车,然后他们越过一片树林的浓荫、一条铺着青石的溪流,来到了一排刷得雪白的栅栏前。

栅栏里的草坪上圈着两匹棕色的马,旁边矗立着一个用钢板搭成的滑梯,树丛里还吊着一只木板秋千架。

她们不断地爬上滑梯,再从光溜溜的钢板上滑下,她们满头大汗地重复着这个单调的动作。钢板烫得她们怪叫。

李惟翰坐在凉亭里,抽着烟,远远地看着她们。四周太安静了。蝉声在湖的另一端隐约可闻。不时有风从树林里吹过来,带着没有被太阳晒到的水的凉气。湖边的几只小船轻轻地摇晃着,撞击着水泥护堤。满满的湖水在风中推推搡搡,越过护堤,泼向岸边,打湿了竹篱中的一簇雏菊。

孩子们已经厌腻了钢板滑梯。她们正在打量着秋千架。她们来回推了几下,就找到了它的窍门。她们一个坐上去,一个在下面推。天哪——她们兴奋得尖叫起来。

在孩子们的叫声里,那个折磨了他将近五年的忧虑突然消失了。李惟翰用不着一遍遍地推算妻子怀孕的准确日期,不再担心,孩子们长大以后,她们的笑容中会不会浮现出另一个人的脸。

他想起了曹小凡。

在李惟翰去南方的前夕,小凡约他去喝咖啡。他什么话也没有说,就等于说了所有的。最后,小凡站了起来,走到他身边,把手伸给他,说,请你原谅我。李惟翰不假思索地握住了他的手,说,我原谅你。从那时起,李惟翰在心里就一直盼着他早死。

他想起了他的妻子,她在病床上没有向他说出的话,她表情复杂的笑容——仿佛要将那张毁损的脸深深埋入过去的岁月;他想到了他的师母,一串突然响起的电话铃声就预示着一个奇迹;还有他的那些朋友,他们在这个城市里东奔西走,寻找着他们需要的一切,唯独找不到安宁。他转过身来,看着那只被阳光照得斑斑驳驳的秋千架,看着他的孩子们。

> 知道她们像万物一样生长
> 但不会回到童年
> 虽然几年以后
> 她们的头发也许会被风吹起
> 仿佛她们站在
> 远离他的人生道路上,做出了
> 急转弯的姿势

苏　醒

1

有一天,在北京医院的门口,一个人懒洋洋地朝我走过来,对我说:

"看见我眼睛里的血丝了吗?我昨晚一夜没睡。"

他以为我一定会问他:昨晚去哪儿了?为什么一夜没睡?我没有这样问他,他随后告诉我,昨天晚上,他去帮着料理一位朋友的后事了。我实在应该问一下,谁的后事?谁死了?可我没有吱声。于是,他只得自己说出了下面的话:

"是王小波,心脏病。"

我看过王小波先生的文章,虽说不上喜欢,但也绝不反感。按说,听到这个噩耗,总该表示点什么,问题是,我当时什么也没说。当我一个人独自走开时,脑子里正想着另一件事、另一个人。就在十分钟之前,他突然陷入了昏迷,我们正等着他清醒过来,尽管我心里清楚,他或许永远不会醒来了。

当时,我们坐在客厅里,讨论着第二天的登山计划。他看上去兴致勃勃,实际上内心充满焦虑。笑容无法遮盖的阴云凝结在他的眉头,残留在他的嘴角。这种阴云不是痛苦,而是厌倦。我忍不住多看了他两眼,他立刻就显出很不自在的样子。

他这副样子我并非第一次见到。我没有把它当回事,也没有想到要去安慰他。从他脸上我更多地看到了我自己。我知道,我的境况也不比他好多少。

他说,只有在登山的时候,才会忘掉那些像雾一样的烦恼。我的手里正好有一支圆珠笔,就在一张矿泉水征订单上写下了"雾"这个字。接着他又说,登山让他忘掉时间。是时间,还是时艰?我有点吃不准。我记得,我信手写下的两个字却是"灰烬",而且,我还想到了"焦虑"这个词:既然有焦虑,必然会有灰烬。我又抬头看了一眼他的脸。这时,保姆端着一盘饺子皮进了客厅。

我注意到,我的妻子正在椅子上熟睡,怀里抱着一本还珠楼主的《青城十九侠》。后来,当我重新回忆起这个上午的情形时,首先想到的就是她酣睡的样子:嘴巴不时蠕动着,像是在费力吞咽着什么东西。如果说,在那个安静的上午,有什么不同寻常的事发生,那一定是保姆端着饺子皮走进了客厅。她是来宣布一个惊人的消息的。

"今天吃饺子。"她说。

"什么馅的?"他问道。

"茴香。"保姆说。

接着,他伸了个懒腰,说了这么一句话:

"我还从来没有尝过茴香馅的饺子,今天总算吃上了。"

没有人会对他的这句话表示异议。但事情随之急转直下、无法挽回的速度之快,也许连他自己也无法意识到。这句话将是他留在这个世界上最后的声音。

在他昏迷倒地后相当长的一段时间里,我和妻子并不知道发生了什么事。后来,她终于想到了给急救中心打电话;再后来,我们意识到,其实根本没有必要等待救护车,因为北京医院就在我们家的对面。另外,我们忽略了最应做的事:在他的嘴里塞上一颗硝酸甘油。其他的事情我都记不起来了。我只记得,当我们七手八脚地将他弄到楼下时,救护车还没有来。东交民巷的槐花全都开了。

2

两年前,在瑞典的布姆什维克,我遇见诗人多多。他旅居荷兰多年,头发全白了,看上去显得非常虚弱。我们在湖边散步,随后来到一棵大橡树下避雨。他穿着一件花格西装,坐在树桩下打盹。我看见孟浪(也许是别的什么人)推着坐在轮椅上的史铁生,正从树林里出来。那天雨下得并不大,于是,我们一起聚在树下聊天。多多说话时仍像十年前一样爱激动,喜欢骂人。不过,这一次他用的英语,蹩脚的英语。他在骂人时不说"Fuck you",而说"Fuck me",逗得我哈哈大笑。在雨中我们觉得快乐。

有人提起了他们,那些死者,我们共同的朋友。他们的死大多是因为自杀。气氛随之变得抑郁而沉重。我们很快就注意到了以上事实:几乎所有的自杀者都是在春天死去的。我们希望找到一两个例外,于是每个人都提供了一些姓名和日期。没有例外。这的确是一个问题。就像一部侦探小说所设置的谜团,春天即便不是谜底,至少也是线索之一。为什么会是春天?

如果一定要寻找解答,总会得出一些牵强附会的结论。多多提到了一位名叫岳重的诗人,早在七十年代,他就发现了春天隐含的恐怖,他有一首诗,在当时非常著名,题目就叫作《三月即末日》。也有人谈到了T. S. 艾略特:

四月最残忍
从死了的泥土里滋生丁香

还有那位遁世者华莱士·史蒂文斯,春天总在他的诗作中扮演杀手的角色:

狂怒的春天过去了
所有被残杀的愚人来到了盛夏

我以为,胡河清博士在这方面的思索也值得一提,作为一名现当代文学的研究者,他的文章中洋溢着浓厚的神秘主义气息,我猜测,这与他对于时序、季节、术数和天象的持续兴趣不无关系。在上海华山路上的枕流公寓里,我们喝着刚刚上市的西湖龙井,对春天这个话题进行过一番简短的交谈,时间是一九九三年四月。谈话也是从一位朋友的自杀开始的。

"这与苏醒时的脆弱意识有关。"胡河清先生的语调里夹杂着钱塘方音,说话不紧不慢,"假如他能熬到夏天,也许一切都会好起来。他根本用不着自杀。"

我说我有点不太明白他的意思,胡河清接着解释说:

"在春天,随着万物的复苏,人的思维也变得格外活跃,积蓄了一个冬天的能量此刻都已蠢蠢欲动,各种念头纷至沓来,而不冷不热的暧昧气候很适合这些念头的生长。在冬天,至少还有严寒需要对付,通常你只要缩紧脖子就可以了。而到了春天,人会在不知不觉中迷失。到处都是平庸、呆板、浑浑噩噩,连空气都是甜腻腻的,连续不断的阴雨更让人厌倦。我这么说,只是打了个比方而已。你知道我想说什么。何况,并不是每个人都会在春天感到不适,只有极少数的人被忧郁抓住不放,比如我……"

"我差不多也是这样。"我对他说。

"你是在安慰我。"胡河清摇了摇头,笑了起来,像个孩子那样天真无邪,"在我看来,春天的一切都是不真实的。当然,这还不是最可怕的。毕竟夏天很快就会到来,一切都会在暴风雨中得到洗刷;或者,像我每天盼望的那样,在炎炎烈日下出一身大汗。"

"那么,什么是最可怕的?"我问道。

胡河清博士没有立刻回答我的话,他呆呆地看着墙角出神。那里有一张木台上有一面圆镜,镜子上覆盖着红绸布。大概是为了避邪。

"生机。"胡河清说,"空气污染得那样厉害,你还是能嗅到窗外的勃勃生机,它几乎是无处不在,却唯独不是你的。它就像一面镜子,映照出你的衰老、没落、陈腐、百无一用。所有的植物都长势良好,而我却要凋萎了。"

那天,胡河清博士留我用了晚餐。我的朋友徐麟教授后来告诉我,能吃到胡河清先生的晚餐,是一件难得的礼遇,我提到了那天的谈话,并表示了隐隐的担忧。徐麟想了想,对我说:"胡先生虽然生活在当今世界,但严格地说,他并不属于这个时代。"

第二年的春天,似乎也是四月,我在北京突然接到了陈福民先生从上海打来的长途,他只说了四个字:"河清没了。"

3

春天到了,我的好日子到头了。

在电话的另一端,传来了王润东干涩的声音。那时,他正在日本的福冈,而电话却是绕过美国打来的。他说,这样电话费便宜一些,我们可以好好聊聊。他的声音听上去很不真切,长吁短叹,很快就把我搅得心烦意乱。

他重复了曾与我谈起的一个个计划。比方说,他想去一个地方"隐居"起来,别人无法找到他,而他却可以偷偷回来,躲在暗处,探访一下他的亲友。假如他高兴,也许还会突然现身,让我们大吃一惊,比如,他打算在五十岁时,去我的老家丹徒,找一个清净的地方,办一所小学,聊以终老。课余还可以开片荒地,种上几亩棉花。他说他喜欢闻棉铃的味道。春天就养养蜜蜂。

我说,计划得以实施的先决条件,是你能够活到五十岁(现在,我有点后悔这么说),而且丹徒那个地方已经不那么清净了。几乎每个镇上都有了按摩院,从安徽、四川过来的歌舞女郎已经使我们家乡那些本分的庄稼人尝到了开放的滋味。再说,我们那里根本就没有棉花,更别提养蜂了。

"那我们就去西藏。去西藏总可以吧?"

"恐怕也没那么容易。"

"基本上是这样。"我说。的确,我不该那样轻率地说话。我应该能够想到,他打了差不多一个小时的国家长途,不会仅仅是为了和我"随便聊聊"。

"好吧,再见。"

挂断电话之后,我的妻子一直忧心忡忡。她反复地追问我,她哥哥在电话中说了些什么,然后细细咀嚼着每一个字。慢慢地,她就琢磨出一点味道来了。

"这家伙一定是被什么念头缠上了。"她说。整整一个晚上,她都在喃喃自语,而我很快就睡着了。

差不多在同一个夜晚,王润东给远在加拿大的一位朋友打去了同样的电话。我知道这件事,是在两个月之后,那时我和这位加拿大朋友正在五台山白雪皑皑的冰峰下穿越密林,希望为他找到一块理想的墓穴。

我与王润东相识已经十多年了。我每年的寒暑假都在北京度过,见面的机会自然也不算少,可我们几乎从来就没有做过什么像样的交谈。那次电话是唯一的例外。他学的专业是飞机制造,而我的专业却是文学。我们之间唯一的共同之处,也许就是对各自的专业感到了厌恶,而对对方的职业却充满了羡慕。就是说,我们属于那样的人,通过对别人生活的想象来构筑自己的梦幻。

按照我妻子的说法(我也这么认为),她哥哥的举止多少有些乖戾。也许她能理解其中所蕴含的特别意义。他的房门永远关着的,只有在吃饭时,他才会出来。他很少与我们说话,随便对付几句,也是让人摸不着头脑,而且总是带着一点语病。要么是"我对你的话感到很难令人费解",要么是"若要己莫为,除非人不知"。听上去有些莫名其妙。

"这都是装的。"我的妻子对此解释说,在她们那个机关大院里,有的是公子哥儿和纨绔子弟,为了与众不同,他索性将自己伪装成一个可怜虫。他的衣服打满了补丁;他用麻绳捆着一摞书去上学,所有的人都认为他买不起书包;他用结结巴巴的语调和别人说话,害得听者直咽口水。后来他果然成了一个结巴,这给他第一次恋爱带来了很大的麻烦。"可是到了现在,他再也不用伪装了,假如他走在大街上,你一眼就能把他辨认出来,从里到外都是一个地地道道的可怜虫。他还没有来得及抛弃这个世界,世界就抢先将他抛弃了。"

终于有一天,王润东突然提出来,要跟我学打桥牌。我妻子认为这是一个机会,可以彼此了解,消除隔阂和陌生感。"其实他心里很苦。人人心里都有一束光。就像汽车的前灯,本来是用来照亮前面的道路的,可他却用来烘烤自己的心脏,它迟早会被烧坏的。"

我走进他房间的时候,他正趴在桌上画图纸,身上只穿着一条三角短裤。"如果我每天都得画一张飞机图纸,也许就没有那么多的时间用来胡思乱想了。"进门后,我这样对他说。

"恰恰相反,我觉得摆脱苦恼的最好方法,就是去写一部永远写不完的小说。至少也要写得像普鲁斯特那样长。"他提到了普鲁斯特,说明他对文学也并非一窍不通。但随后他扶了扶眼镜,转身走了出去。谈话就这样结束了。

我听说,王润东最大的爱好是爬山。慕田峪、金山岭、白花山、小五台,北京郊外的山脉早就让他爬遍了。他最大的愿望是登上贡嘎山。不是珠穆朗玛。他不愿意凑热闹。实际上,他已经在为登上贡嘎山进行周密的准备了,但突发性的心肌梗塞却将他拽向最终的栖息之地:八宝山。

4

"有些人,就像这些冰块,只能在冬天生存。"我的妻子说,"到了春天,它几乎立刻就融化了。"我知道她说的"有些人"指的是谁。她的手里拿着一根铁锥、一把榔头,正在用力地将冰坨砸碎。医生们需要这些冰块,用于病人脑部的冷敷。

阜外医院的心脏病专家被请来了,据说他曾经抢救过胡耀邦。他查看了王润东的病情,过来对我们说:假如病人求生的愿望特别强烈,或许还有苏醒的希望。他的这句话并没有给我们带来什么安慰。我妻子的眼睛马上就黯淡了下来。"大概是不行了。"她用榔头奋力敲着冰坨,哭了起来,"哥哥大概没救了。"

我远远地看着她,站在窗口,克制着抽烟的欲望。我的心里没有叵测的担心。或者说没有担心;没有尖锐的痛苦,或者说没有痛苦。几年前,当我听到胡河清先生的死讯时,我曾惊讶自己何以没有深切的悲伤,没有眼泪,现在,我连这种惊讶也没有了。

王润东死后的第二天深夜,天空中沉闷的雷声预示着春天的结束。我记得,他的遗体被送入北京医院的太平间时,告别室里"彭真同志永垂不朽"的横幅尚未取下。

朋友们从各地赶来为他送葬。我和妻子去法华寺为他选购花篮,是白色的百合;去王府井替他买布鞋;我们挑选了他最喜欢听的莫扎特几首曲子在告别仪式上播放——好像这些事情仍然与他有关。我还把自己写的一部蹩脚的小说放在他的身边,让他带去阅读——好像他一睡醒来,真的会用来打发漫长的寂寞。

现在,王润东去世已经两年了。转眼又到了他的忌日。我的妻子打算写篇文章来纪念他。她想了一个题目,叫作《脆弱而高贵》。她大概是觉得"高贵"这个词语过于扎眼了,与她哥哥谦卑的一生不相吻合,就将它删去了。其实,在今天,"高贵"这个词,早就不是什么赞语了,它仅仅与不幸的命运还有点关系。而没有"高贵","脆弱"就显得有些不伦不类了。这篇文章终于没有写成。到了后来,连写文章的念头也渐渐淡了。它就像一块冰,一点点地融化了,什么痕迹也没有留下。

冰块这个比喻,也可以看成是我们为他写的墓志铭:

他死了,什么痕迹也没有留下。

马玉兰的生日礼物

事情的起因并不十分复杂,但它确实带来了日后一连串骇人听闻的屠杀。马玉兰,一只蟑螂就能把她吓晕的女人,竟然成了凤凰山一带让人闻风丧胆的匪首,多么不可思议!在她丈夫去世的那一年(一八九一年),三个未成年的儿子,年轻和美貌——这些昔日的荣耀全都成了她的累赘。与她结下不共戴天之仇的那个人,是她丈夫的弟弟,名叫朱大钧。假如他对漂亮嫂子的想入非非还不能算是一个错误的话,那么,他的错误在于行动过于鲁莽,对女人的欲望以及莫名其妙的羞耻心缺乏了解。一九三二年,在马玉兰被处死的前夕,县警察局的最后一份审讯报告明白无误地显示了这一点。阅读这份报告使我不难得出如下结论:"仇恨"这一概念,要比它的字面意义复杂得多。而且,我们未尝不能从相反的方面对它加以解释。

金　牙

朱尚金，马玉兰的大儿子，绰号大金牙。事实证明，他的所作所为，构成了亲族间残酷仇杀链索中最关键的一环。父亲去世的那一年他还不满十四岁。他对于母亲与叔父之间发生的事情有着自己的理解，其中有一部分源于青春期的幻想，另有一些则来自隔壁光棍铁匠的无聊教唆。朱尚金用不完的力气无处发泄，常常自愿地来到铁匠铺，帮着拉风箱打铁。铁匠则用淫荡的故事来犒劳他，故事的每一个细节都别出心裁，但人物总是固定不变的（母亲与叔父），结局也大同小异（疯狂的性交）。朱尚金听得津津有味，却并不感激。铁匠的故事看来并非完全信口开河，因为他很容易从母亲的叫骂和诅咒声中找到足够的佐证。

有一天，母亲突然对他说："你要是有种，就替我去把朱大钧那个狗日的杀了。"

那时，朱尚金已经打算去凤凰山当土匪了，对于铁匠变着花样讲述的事也已腻烦透顶。他坐在铁砧上拉着风箱，一声不吭地看着铁匠眉飞色舞的小丑嘴脸，心中暗暗发笑：他当上土匪之后，第一个要除掉的就是他。后来，他却没有这样做。因为事情的发展大大地出乎他的预料。

在凤凰山，只用了不到三年的时间，朱尚金就让自己从一名马夫变成了二当家。不久之后,他将正在小解的大当家推下了悬崖,为自己腾出了位置。

他没有急于采取行动。

他知道他的叔父并非等闲之辈。如果他的行动不能彻底击垮对手的报复能力,事情也许会弄得难以收拾。酝酿多年的复仇计划(实际上只是为所欲为的模糊冲动)精心策划了半年之久。计划的每一个步骤都慎之又慎,确保万无一失。犹疑和绝对的谨慎只能导致这样一个结果,那就是泄密。

袭击的日期定在十二月一日,这一天是母亲的生日。让她大吃一惊的是他送给母亲最好的礼物。当朱尚金率领手下四十多名人马,顶着漫天的风雪,杀奔村中而来的时候,得到密报的朱大钧只给他留下了一座空空的院宅。

这次袭击的唯一收获是朱大钧出嫁在外的女儿。那天她恰巧回娘家探亲,让朱尚金候个正着。在允许手下人集体分享她之前,朱尚金命人脱去了她的衣服,对她进行了令人发指的摧残和凌辱。他亲自在她的乳房上系上两只铜铃,让她光着身子掸床。朱尚金躺在火炉边的木椅上,听着铃铛发出的清脆声响,逼她不停地说着下流话。他感到十分满足。

最后,这个可怜的女人被折磨得奄奄一息。临走之前,朱尚金犹疑了半天(闻讯而来的母亲跪在地上向他磕头,求他饶过侄女一命),还是下令杀死了她。他不想白跑一趟。

看着堂姐的尸体,朱尚金的两个弟弟吓得浑身发抖。这是朱尚金第一次杀人,也是最后一次。

在他们返回山寨的途中,朱尚金在一条干涸的河床下遭到了剿匪官军的两面夹击。密如贯珠的枪弹扫射了大约半个时辰,朱尚金和他的手下无一幸免。朱尚金的脸被打烂了。如果不是他的嘴里镶着一颗金牙,朱大钧几乎无法将他辨认出来。

这天晚上,马玉兰整夜做着噩梦。她只是意识到事情已经闹大。恐惧毫无益处,后悔也已来不及了。自从朱尚金不辞而别,进山当土匪的那天起,她似乎就在等待着这个结局:他干的这叫什么事呀!

窗外肆虐的风雪使她牵挂着儿子的安危。她知道这甚至还不能算是一个结局,因为事情才刚刚开始。

第二天一早,朱大钧派来了他的大管家。他像过去一样彬彬有礼,笑容可掬。这使马玉兰更有理由怀疑,昨天发生的一切说不定只是一个梦。管家按照主人的吩咐,递给她一只考究的蓝绒布面宝匣。马玉兰打开它,看见里面装着一颗金牙。

朱 尚 银

马玉兰的第二个儿子,生得高大英武,仪表不凡。虽说目光含着深不可测的忧戚,但行事果断,意志坚定。他和母亲都习惯了沉默不语。不过,只要母子俩彼此对望一眼,立刻就能明白对方的心事,这是一种心照不宣的默契:那颗金牙的存在使仇恨不会褪色。

依靠父亲的几个故交和一半以上的田产抵押,朱尚银终于在二十五岁那一年当上了县保安团的团长。一天深夜,一身戎装的朱尚银带着勤务兵,悄悄回到了家中,但天不亮就离开了。对于儿子的计划,马玉兰只提出了一点异议,那就是十二月初一这个日期有点不太吉利。朱尚银回答说,只有在这一天行事,九泉之下的大哥才能瞑目。马玉兰深知儿子的秉性,他决定的事是无法更改的。她一遍遍抚摸着儿子结实、宽阔的肩膀,反复叮嘱他:

"这一次,你可不能出任何差错。老三已经指望不上了。"

那时,马玉兰的小儿子朱尚锡也已离家多年。他性格柔弱,像个姑娘一样,一说话就脸红;他跟随一个化缘的和尚去了凤凰山,专心佛法,尘缘已尽。

朱尚银从兄长的失败中吸取了教训。他只挑选了八名卫兵。他们趁着夜幕从县城出发,但只走了十里地,他的身边就只剩下了四个人。又走了三里,他的随从剩下了两名。最后,当他来到村头的白杨树林时,最后一名卫兵扑通一声栽倒在地,两腿胡乱地蹬了几下,就不动了。朱尚银当然知道发生了什么事,不过并不慌乱。他感到口渴难忍,腹中隐隐作痛。靠着坚韧不拔的意志,他一步步挪到了朱大钧的门前。

朱大钧的管家替他开了门。他双手笼在袖子里,悠闲而客气地向朱尚银鞠了躬:"老爷在书房等你。"

从客厅爬到书房,朱尚银差不多耗尽了残存的一点力气。朱大钧躺在卧榻上抽烟。一看到侄子这副样子,他不由得笑了。他让仆人把朱尚银扶到椅子上,然后问他还有什么事需要交代。朱尚银平静地回答说,他想知道是谁在他的酒里下了毒。朱大钧满足了他,说出了伙夫的名字。随后,他向叔父讨了一碗凉水。他提出了最后要求:不要把他死前的情景告诉他的母亲。朱大钧也答应了他。

接着,朱尚银的身体像水一样绵软地滑到了地上。他的双腿开始了难看的抽搐。鼻孔和嘴里涌出鲜血。他英俊的脸庞变得黯淡,他那忧郁而幽深的眼睛终于闭上了。

马玉兰没有听到期望中的枪声,甚至连马匹的嘶鸣也没有听到。她独自一人守在灯下。夜晚寂静而漫长。

第二天一早,朱大钧亲自登门,让家人挑来了一担漆盒。他是来为嫂子祝寿的,同时也希望两家多年的恩怨有一个彻底的了结。马玉兰已经知道发生了什么事,但并不是全部。她打开一只漆盒,里面装着朱尚银的人头。愤怒和屈辱使她暂时忘掉了悲伤。她一字一顿地对朱大钧说:

"你现在还不能说就稳操胜券,你知道,我还有一个儿子。"

"是吗?"朱大钧不紧不慢地答道,"那就请你再看看另一只漆盒吧,为了不至于让他日后出来生事,给你再添烦恼,我这次顺便把尚锡也给杀了。"

反 抗 命 运

此时的马玉兰已经五十多岁了。她的面容以惊人的速度衰老,但她的身心依旧年轻。她很少出门。隔壁的铁匠成了她唯一的依靠。她闲来无事就去帮他拉风箱打铁。后来,铁匠用大锤在两家合用的墙上砸了一个洞,这样,马玉兰的出入就省掉了村里人的风言风语。

面对送上门来的艳福,打了一辈子光棍的铁匠自有值得夸耀的理由。他说马玉兰的身体和一个妙龄姑娘并没有什么不同;他说她为了莫名其妙的贞操送了三个儿子的性命,到头来骨子里还是一个骚货。他说他累得连大锤也举不起来了。

他以为他知道的很多,其实他知道的很少。

当朱大钧的管家把这件事当成丑闻告知他主人的时候,朱大钧吓了一跳。

"你知道她为何这样做?"他问他的管家。

"她老了,无儿无女,想找个靠山。"

"我们与她打了这么多年的交道,你对她竟然一点都不了解。"朱大钧叹息道,"她是想怀孕生子,她还想找我们报仇。"

马玉兰默默地忍受了铁匠长达六年的折磨,未能怀上一儿半女。最后,她做出了一生中最困难的一个决定:上山落草。

在凤凰山的土匪窝里,传奇般的仇恨就是最好的晋身之阶。她于一九二八年当上了匪首,聚集起了一支七八十人的队伍。在此后的两年中,她发动了大小十七次袭击,每一次都功亏一篑。

她第一次被捕是在一九三〇年。她在熟睡中遭到了剿匪官军的突然袭击。朱大钧没有杀她,而是将她关押在六百里之外的通州。他还不打算让这个悬念过早消失。马玉兰在通州策划了四次越狱,最后一次获得了成功。她出狱后的第一件事就是购买了一把匕首。

这时,马玉兰的牙齿全都掉光了。白发稀疏,步履蹒跚。她拄着一根树棍,沿途乞讨,返回她的故乡。她在路上走了一年零三个月,终于抵达了县城的南门。她的神智比以往任何时候都要清晰。为了避免被人认出,她化装成一个捡破烂的人朝村子走去。其实她不用化装,人们也不会将她看成另外的什么人。只是在经过村外三个孩子并排而立的坟冢时,略微停留了半刻。

在村口,她一眼就看见了老态龙钟的朱大钧。他正坐在墙根下晒太阳。当然,后者也认出了她。因为对她的牵挂,成了朱大钧晚年唯一的乐趣。据说,两个老人在西沉的夕阳下聊了很长一段时间。具体的内容却不得而知。最后,朱大钧看着这个衰朽得连喘气都十分困难的老太婆,实在是有点腻味了,就友好地命人捉住她。出于仁慈,他慷慨地暗示警察局的一名亲信,在她生日的当天处死她。

起　　因

　　马玉兰在县警察局留下的供词,现在保存在河南省济元市的档案馆里。它为我们解开这桩离奇的亲族仇杀之谜提供了线索。朱大钧对嫂子的花容月貌垂涎已久,这不是秘密。但朱大钧没有想到,马玉兰对他的眷恋更为铭心刻骨。她拒绝了他第一次试探性的非礼,只是因为她相信来日方长。但朱大钧遭此冷遇后即不再上门(其中,乱伦的禁忌与恐惧是主要原因)。漫长的等待渐渐在她心中生出了被遗弃之感,怨恨害得她自问自答,恶毒的咒骂不绝于口。不过,这出自女人的天性或习惯,不能说明任何问题。

暗　　示

　　还是先说说我的妻子吧。我的妻子，学前教育专业的硕士，一家奶制品跨国公司的部门经理，从德国回来了。她计划在上海逗留一周。这些年，她一直在国外漂泊。先是列宁格勒（后来人们叫它彼得堡），随后是赫尔辛基、哥德堡、伊斯坦布尔、伯尔尼，足迹横跨欧亚大陆。她走到哪里，我的信就追到哪里。我从监狱中被放出来以后，给她写信就成了唯一的乐趣。那些信最终都被退了回来，信封上俄文、德文、瑞典文的告白翻译出来差不多是同一个意思：查无此人。她消失了整整九年。九年，用于忘掉一个人，不多也不少。可是，她在一天下午突然从图宾根打来了电话，说，我要回来了。

　　如果我没记错，她今年应该是三十五岁。按照我的想法，这恰好是一个人开始死亡的年龄。我的好几位朋友都是在这个年纪选择了自动消失。我也曾想到过效法他们，但勉强活下来，结果竟然也不坏，但也好不到哪里去。用我一位爱饶舌的朋友的话来说，活着，但不存在。

　　总之，我的妻子是回来了。据说，她在国外的日常工作是饲养奶牛。除了不能让奶牛做广播体操外,原先准备对付学龄前儿童的专业知识,用来取悦那些花纹斑驳的畜生倒也能凑合。她已经无法适应这里的生活。"这是什么国家?"这句话她常常挂在嘴边。她加入了德国国籍,这样说话就多了一点底气。仿佛她曾经热爱过的祖国已经变成了一个不折不扣的人间地狱。"在图宾根,连奶牛都知道遵守交通规则,可是在这里,你走在马路上,似乎随时都可能被疾驰而来的汽车撞翻,还得提防骑车人嘴里飞出的浓痰。"我要是请她上街吃顿饭,她的话就更多了:"那种地方怎么能去? 要知道,上菜的侍者那黑黑、油油、肥肥的大拇指是整个地泡在汤里的呀!"好在她在上海只待一周。对于我们要办的那件事,一百六十八个小时已经足够了。

我要讲的故事,其实与我的妻子没有多少关系。只不过,它确确实实是她在上海逗留的这段时间里发生的。说起来有点离奇,如果不是我亲历亲闻,我大概也不会相信它是真实的。

现在,我必须提到另一个人。他叫杨菲,我和妻子共同的朋友。

在我的妻子的眼中,杨菲可算得上一个国宝级的稀有生物。在这个乱七八糟的世界上,他的存在本身就意味着某种纬度或标高,可以用来检测日常生活的趣味和质量。她常说,要是杨菲有一天也变得心事重重,这个世界大概就真的不可救药了。后来的事实表明,她的话只说对了一半。的确,杨菲是一个快乐的人,从来不知道忧虑为何物。就连他的卷发、龅牙、肝腺的分泌物都散发着令人愉快的气息。可就是这个人,近来却被一个巨大的恐怖攥上了。

我们还没有来得及去拜访他,他自己就找上门来了。他甚至都没顾上与我的妻子打个招呼,就一屁股歪倒在我们家的沙发上,没头没脑地来了一句:"我完了。"那是我妻子回国后的第二天,大约是傍晚时分。当时,我妻子正兴致勃勃地让我欣赏她在国外所生的几个小杂种的照片。我记得,有两个孩子的头发是亚麻色的,还有一个黑人。

我对杨菲的烦恼没有什么兴趣。只有无比脆弱的耐心,用于忍受他没完没了的絮絮叨叨。事情的经过是这样的:有一天,杨菲从公司里下班回家,看到有人在他门上留了一张纸条。一把匕首透过防盗隔栅的空隙,将纸条钉在了他的门上。纸条上写着这么一句话:"晚上八点,长风公园游船码头见面。否则我就杀了你。"

这显然是一封恐吓信。他差不多六点钟就赶到了长风公园,并在那守候到午夜时分。除了湖边的一群练功者,约他见面的人始终没有出现。一连三个晚上都是如此。"约我见面的人,说不定就混迹在练功者的行列之中……"杨菲说。看上去他被吓坏了,一刻不停地摆动着他的双腿。

等到他终于认出了我刚刚回国的妻子,就从沙发上跳了起来,过去和她热烈握手。我妻子的态度不冷不热,眼睛里多少有了一点怜悯、惊异和不屑。我也只得在他身边坐下来,将那些蓝眼睛、黄头发、黑皮肤的洋娃娃丢在一边,帮他分析一下这件事情的来龙去脉。我盘问了他半天,杨菲就说出这么一件事来。

大约是两个月前的一天,杨菲在公司里加班。他最后一个从楼上下来,电梯司机小梅早就等得不耐烦了。她抱怨说,她胃病犯了,得赶紧回家吃点东西。这时,杨菲随口就说了一句:"要不,我请你去吃夜宵?"他只是想开个玩笑,没想到小梅却认认真真地答应了,这使他几乎吃了一惊。她长得不算漂亮,每天在电梯里进进出出,杨菲很少注意到她的存在。可是这一次,他们挨得那么近,他能感觉到她丝质棉袄的柔滑绵软。随着电梯的急速下降,他的老朋友,身体上那个嗅觉灵敏的机器马达轰鸣,正不可遏止地一点点肿胀起来,他有了一点晕眩感。

他们在公司对面的火锅城吃饭,两个人都没怎么说话。在这段时间里,沉默所堆积起来的暗示像沉重的山丘压在他们的心头。"那种感觉真是妙不可言。"杨菲说。

他们从火锅城出来,已经是次日凌晨一点多了。小梅忽然对他说:"这么晚回家,我怎么向丈夫解释?"杨菲替她想了好几个理由,都被小梅一一否决了。两个人商量来商量去,最后的结果是索性不回家,去杨菲新买的公寓喝咖啡。这个建议是杨菲提出的,属于调情的一个部分,小梅犹豫了一下,问他:"你那儿能不能洗澡?"她这么一问,杨菲就有点控制不住自己了,他的身体在黑暗的大街上索索发抖。

据杨菲说,他们后来并没有发生什么事。当小梅洗完澡,赤身裸体地从浴室中出来的时候,杨菲得出了一个重要结论:对于有些女人来说,光看外表是远远不够的。按照陈独秀的理论,她是属于那种外表贫瘠,内容丰美的女人。另一个结论是,他必须悬崖勒马。他想起了小梅的丈夫。他们没有见过面,但杨菲知道他是山东人,十六岁时曾用水果刀捅过一个小男孩,知道他蹲过七年大牢。

"问题就在这儿。"我妻子说,"要是你们俩有了那种事,反而倒比较安全。"

"为什么?"

我妻子笑而不答。

杨菲说,他平生就干过这么一件荒唐事儿,而且还他娘的没有干成(直到现在,他还为此耿耿于怀)。除此之外,他实在想象不出任何人有任何杀他的理由。看来,杨菲已完全认定了这个事实。

"你先别着急,要弄清这件事的真相,其实也不难,"我对他说,"你再去请那个电梯女工吃顿饭,跟她聊聊,探听一下虚实。"

"小梅已经有一个多礼拜没有来上班了。"

"你明天去公司打听一下,给她打个电话,约她出来,看看她是什么反应。"我妻子明显有些困了,一连打了好几个哈欠。

杨菲半天没有吱声。他似乎在认真考虑我们的建议。过了一会儿,他突然抬起头来,问道:"要是他今天晚上就下手,那怎么办?"

他这一问,把我的妻子也逗乐了。

我问他有没有想到过报警。他说他已经去过警署三次,没有什么进展。他曾提出让警方派人二十四小时昼夜保护,接待他的女民警笑得前仰后合:"你一定是好莱坞电影看得太多了。你不是克林顿总统,我们也不是白宫的职业保镖。""假如我真的被杀了,你们谁负责?"杨菲问道。女民警想了一下,回答说,假如真的出现这样的情况,我们会全力破案的。

杨菲直到很晚才走。临走时还从我们家里的厨房里拿了一把菜刀。他担心在回家的途中就会遭到袭击。

第二天,我和妻子去区民政局办理离婚手续。大厅的长椅上坐满了人,我们数了数,一共有十来对;有离婚的,有结婚的,也有离过婚要求复婚的。她当年在国内时就没有排队的习惯,她总能为自己找到插队的理由。这一次,她亮出了德国护照。办事员冷冷地朝它瞥了一眼,一副爱理不理的样子。他递给我们一张表格:你们回去填一下,三个月以后再来。可我妻子并不气馁,她又交给他一只信封。

里面装着我们的离婚协议复印件,还有她悄悄塞在里面的八百马克。小伙子将信封放入抽屉的同时,向我们打了一个OK的手势。

我们从民政局出来,天已经快黑了。在出租车上,前妻突然提出,她想去清水公寓看看杨菲,看看他是否还活着。

公寓的住宅楼相当豪华奢侈,前妻说,即便是在图宾根的富人区,其壮观程度亦不过如此。她显得多少有点失落。她不明白,像杨菲这样一个古典文献专业的书呆子,怎么会住到这种地方来。我也不太明白是怎么回事,只是听说他在股票上发了点财。前妻说,早知道在国内赚钱这么容易,她当年就不会历经千辛万苦去俄罗斯当倒爷了。

杨菲不在家。但我们确信他还活着。我们打算在门厅里等他一会儿。这时,我们就看到了那个女孩。

她看上去顶多十八九岁,穿着时髦的皮裙,红色的长筒袜。她正在电梯间的地毯上寻找着什么东西,也许是一把钥匙。长发盖住了她的半边脸。就这样,她在电梯间来来回回地走着,似乎并没有什么明确的目的。我的前妻走过去问她,是不是丢了什么贵重的东西。她抬起头来,惊讶地看着我们,很快又将目光移向别处,仿佛在想着一件遥远的事。那是一张被忧愁毁损的脸,它的美丽像刀片一样锋利。她在哭泣。我从未看到过这样一张悲哀的脸,仿佛她的眼眶中不断溢出的不是泪水,而是她的整个灵魂。

清水公寓离我们的住处不太远,我和前妻决定步行回家。在路上,我们找不到话说。我知道,我们都在惦记着电梯间的那个女孩,猜测着她怪异的举动所掩盖着的某个事实。

"你说,人最害怕的东西是什么?"前妻忽然像打哑谜似的问了我一句。

我没有想过这个问题。"你以为呢?"我问她。

"它自己。"她毫不犹豫地答道。看来她是先有了这个问题的答案,才这样问我的。她随后就哭了起来。她说,她一看到那个女孩,就知道她快完了,她的灵魂破了产。我不太明白她在说什么,站在路旁有点不知所措。我的心中没有一丝怜悯。或者说,我暂时还没有余力来怜悯她。我在想着自己。我想着它从前是什么,现在变成了什么,最终它还会是什么。我觉得,她的答案是对的。

三天后,沪上的几位同学为我的前妻举行了一场小型聚会。我们又碰到了杨菲。他刚刚理过发,手里握着大哥大,一副踌躇满志的样子,似乎完全换了一个人。我们提起了那张纸条的事,他竟然半天没有回过神来。

"解决了。"他漫不经心地说。

"你找到小梅了吗?"

"这事跟小梅没关系,"杨菲说,"完全是他娘的虚惊一场。"

杨菲说,前天晚上,他刚刚在床上躺下,就听到有人按门铃。"当时,我全身的血液仿佛一下子都凝固了。我打开门,看到三个黑影站在门外,我脑子里只有一个念头:难道就这样完了吗?不过,他们对我没有一点兴趣。他们要找的人不是我。她住在隔壁,另一个模特儿。

"我知道隔壁有人住,不过很少来,那个房间一个礼拜大约只有一两天亮着灯。但我怎么也没想到,那个婊子竟然也叫杨菲。我不知道那三个陌生人是不是杀手,我只知道他们一个个都显得彬彬有礼。

"他们很快就明白过来,他们找错了人,说了声对不起,就离开了。这是一场误会,却害得我整整掉了六公斤肉。"

杨菲眉飞色舞地说完了这件事,又把刚刚听来的一个笑话给我们讲了一遍。不过,我的前妻隐约感到,那件事似乎并没有结束。

聚会临近尾声的时候,前妻将我拉到一边,告诉我,她已决定改变原定的计划,提前一天离开上海。

她说她一天都待不下去了,这就是她的理由。为了早一天结束这次旅行,她不惜绕道北京,搭上了去法兰克福的班机。

我没有送她去机场,这也是她提出来的。临走前,她还在想着那个女孩:"问题是,假如真的有人要杀她,说不定她还蒙在鼓里。"

她的忧虑直到一个多月之后才被证实。当天的晚报刊登了整版的消息,还配发了图片。报道说,女模特在长风公园的树林里被杀后,尸体遭到了残酷的戏弄。

这天深夜,杨菲打来了电话。他说他要告诉我一件事。我告诉他,我已经看了报纸。

"不是,我说的不是那件事。"杨菲说,"小梅已经回来上班了。她现在就躺在我的身边。"

他还说,小梅的丈夫,那个劳改释放犯早在两年前就与她离了婚。"看来,所有的担心都是不必要的。"

戒 指 花

突然间黄昏变得明亮,因为此刻正有细雨落下。透过有栅栏的窗户,丁小曼可以看见那处空荡荡的停车场。遮雨篷下坐着一个小男孩。他看上去只有四五岁,身上背着一个洗得发黄的小书包,双腿不时地踢着不锈钢的垃圾筒。他很瘦。哪怕是目光轻轻一碰,也能触摸到他突出的肩胛骨。他已经在那儿坐了好一会儿了。街道对面的山坡上,是一片开阔的玉米地。茂密的玉米几乎将那条通往水泥厂的小路遮盖住了。不久前,在这条小路上发生了一起离奇的凶杀案。说它离奇,倒不是因为案件本身有多么复杂,也不是因为歹徒在杀死被害者之后的奸尸行径令人发指;这个普通的刑事案件之所以吸引了众多媒体的注意,疑犯的年龄是一个关键的因素。蜘蛛新闻网是这样报道这个案件的:

九十六岁的耄耋老者奸杀十八岁花季少女

世界之大,无奇不有。体态丰盈、长相俏丽的平谷镇水泥厂女工白莉莉（十八岁）做梦也没有想到她竟然会被一个足以做她祖父的老人奸杀。八月十八日夜间，白莉莉在下夜班返回宿舍的途中，在经过一片玉米地时，身后突然蹿出一道黑影，犯罪嫌疑人高德顺（九十六岁）用木棒猛击她的后脑勺，将其击晕，然后强奸了她。白莉莉的尸体于第二天凌晨被发现。尽管她的嘴巴和下体被塞满了泥土，但技艺精湛的侦缉队员们还是从她的阴道中提取了毛发和精液的残留物，从而在事发四十八小时内将罪犯一举擒获。据高德顺事后交代，他在发泄兽欲的过程中，白莉莉曾经醒过来一次，她不断地叫他爷爷，恳求他不要杀死自己。高德顺自称当时也曾动了"恻隐之心"，但他最终还是残忍地掐死了她，随后又进行了两次奸尸。（记者李鼎新）

诺亚网的报道与蜘蛛网几乎一字不差，但却使用了另外一个标题：九十六岁？不可思议！！！这也是丁小曼听到这件事的第一反应。当《新闻周刊》主编邱怀德打电话让她赶往案发现场采写一篇两万字的新闻稿时，丁小曼脱口而出的一句话也是：怎么可能？

"这个世界上没有什么事是不可能的。"邱怀德说，"当初我第一次请你吃饭时，你说不可能，可后来呢？"

丁小曼是今天凌晨到达这里的。她没有费什么周折，就找到了那家水泥厂以及报道中提到的那一片玉米地。整整一个上午,她一共采访了十六个人。每一个人的回答都是一致的:不知道。他们的表情和语调也都完全一样。不知道,然后扭身就走。最后一个人的回答稍有不同,他的答复是:知不道。

丁小曼独自一人在玉米地里转悠了两个小时。四周寂然无声,她能听到地沟里流淌的水声,甚至玉米叶在阳光下卷曲的声音。这些声音让她想起了自己没有实现的抱负:上大学时母亲让她报考植物学,父亲让她报考垃圾处理,为了讨好他们两个人,她就两个专业一起报。最后却录取在西班牙语专业。

她来到镇派出所时,已经是中午时分了。在传达室里,几个民警正在边吃饭边聊天。丁小曼刚刚掏出记者证,说明了自己的意图,屋里的人就全笑了。一个高个子民警用筷子敲了敲饭盆:"嗬,又来一个!"他一下子就把窗户给关了。总之,采访进行得很不顺利,她打算找一个旅馆先住下来再说。后来,天空中就有细雨落下。或曾经落下。下雨,无疑是在过去发生的一件事。它牵动了她的全部记忆,什么时候、什么地方全都想不起来了。

那个小男孩朝窗口这边走过来了。他抬头看雨,又看看手里捏着的一枚硬币,仿佛对天空的阴霾迷惑不解。丁小曼朝他勾了勾手指,像招呼一条小狗。"宝贝儿,过来。"她喊道。于是,小男孩来到了窗下。他装出对她没有兴趣的样子,用硬币刮着窗户栏上的铁锈。

"怎么不回家?雨下大了。"丁小曼说。小男孩不理睬她,只是用力吸了吸鼻涕。手机的铃声响了。那是一条短信,是邱怀德发来的:你还没有告诉我肚脐眼下面那道疤是怎么回事。

"我有很多钱……"小男孩突然说了一句,带着天真的炫耀。丁小曼抬头看了他一眼,笑了笑,给她的上司回了一个短信:虽然你是我的领导,但我不得不说你这个人真是有点无聊。

"你刚才说你有很多钱?"丁小曼问他。小男孩点点头,他有点害羞。

"拿出来给我看看。"丁小曼朝他挤了挤眼睛。

小男孩犹豫了一下,把背上的小书包转过来,从里面拿出了一个塑胶袋。里面花花绿绿果然装满了钞票。

"有多少?"丁小曼笑道。

"多极了。"小男孩也笑了,"比一千还要多,根本数不过来。"

"阿姨帮你数,怎么样?"丁小曼本来是随口这么一说,没想到小男孩还真的把钱从窗户外递了进来。丁小曼将塑胶袋里的钱一股脑地倒在桌子上,然后坐了下来,按照币值的大小帮他理了起来。

"妈妈呢?"丁小曼问道。

"在抽屉里。"他想了想答道。

她听见他在小声地唱歌。那是她从来没有听过的一首歌。不过,他的声音太小了,丁小曼几乎什么也听不清。很快,丁小曼就帮他把那些钱数好了,一共是四十七块二角。她从头上取下一根橡皮筋,将那些钱用橡皮筋勒好,仍然放回到塑胶袋里递给他。

"一共是四十七块两毛,加上你手里的那枚硬币,就是四十八块两毛,你记住了吗?"

"记住了。"他说。

"好吧,那你现在可以回家了,把钱交给妈妈。走吧,雨下大了。"

"我不能回去。"

"为什么?"

"你说,什么东西可以悬在空中?"小男孩忽然向她提出了这么一个古怪的问题。

丁小曼又笑了。她有点喜欢这个小男孩了。他长长的眼睫毛上缀满了亮晶晶的雨珠。"你是在给我猜谜语吧,让我猜猜看——鸟,对不对?"他摇摇头。

"风筝,对不对?"

他仍然在摇头:"我是说人,人可以悬在空中不落下来吗?"

丁小曼想了想,说:"跳伞运动员大概可以。"

"什么是跳伞运动员呀?"

"从飞机上跳下来,有降落伞。"丁小曼答道。随着一声清脆的铃声,邱怀德又发来了短信:案件有新进展,请立刻上网浏览。丁小曼随后就打开了电脑。在等待桌面出现的这段时间里,那个小男孩又在唱歌了。这一次,她听清楚了他唱的内容:

> 你说要听听我唱歌
> 你说要看看我的脸
> 我不能唱歌给你听,我一唱歌就要流眼泪
> 我不能让你看我的脸,你一看我我就要流眼泪

丁小曼的心就像是被针突然刺了一下。毕竟,她已有很长时间没有听过这么稚拙的歌了。她又抬头重新打量起这个孩子来。天色已暗。街道对面的一幅巨大的广告牌,已经亮起了霓虹灯。小男孩也注意到丁小曼正在看他,他突然不唱了。

"下面呢?你接着唱,阿姨很想听。"

"可我忘了,你说这是怎么回事呀?"小男孩向她摊开手。

"谁教你唱这首歌?"

"妈妈。"

"妈妈呢?"

"在抽屉里。"还是那句话。

互联网接通了,丁小曼打开了蜘蛛网的网页。初一看,并没有关于凶杀案的最新报道,倒是网民参加这个案件讨论的

人数已经猛增到106873人。丁小曼随即进入讨论区,马上就看到了网民所发的新帖子:

来自61.53.185.*的网友于17:03:23发表评论
我KAO,这是真的吗?九十六岁?他能硬得起来吗?而且是三次!!!

来自128.72.64.*的网友于17:02:34发表评论
真羡慕这条老狗。我今年才三十七岁,就已经完全丧失了TMD性欲,害得我老婆像一条发情的母狗,成天嗷嗷乱叫。

来自78.52.38.*的网友于17:10:12发表评论
没准那老头一发愤,果然就写出一部《史记》来。拜托各位,今晚阿森纳对曼联榜首大战中央五台转不转播?

网友Catch Wind 261于16:52:02发表评论
宰了他。最好把他阉了,让他成为另一个司马迁。

网友6158KV3100于16:47:01发表评论
强力建议政府不要枪毙他。应全面跟踪他的饮食习惯,做认真细致的调查研究,为什么人家九十六岁了,还能有如此旺盛的性功能？争取早日生产出咱们中国人自己的伟哥。

来自 117.28.413.的网友于 16:33:56 发表评论
为什么要把我的帖子删去？我抗议！我只不过就说了几句真话而已。

在诺亚网上,全国著名性心理学家耿玉秀教授正和网友在线交谈：

这事按常识来说,不太可能,但也不是完全不可能。我看到报道,既然警方从被害人性器官中检测出了精液,说明性交是完成了的。医学,尤其是解剖学研究的成果表明,海绵体充血和脑丘体和中枢神经类型……

丁小曼从网上下来,发现那个小男孩已经不在了。窗外的雨下得更大了。车灯不时地照亮了停车场,雨点把路面弄得像一锅烧开的粥。

服务员按铃进来送开水,丁小曼就和她聊了起来。丁小曼一提起不久前发生的那件事,服务员就笑了,她说,今天有一个电视台的记者也向她打听这件事。

"那是不可能的。"她说,"你们所说的那个案子就发生在我们宾馆对面的那个山坡上,出这么大的事,我们不可能不知道,何况……"服务员说到这里,忽然停住了,只是抿嘴而笑。

"何况什么?"

"那种事情,我说的强奸这回事,在我们镇上,已经五六年没有听说了,根本用不着。到处都是妓女,你只要花很少的一点钱,就哪儿都能找到,什么服务都有,你都想象不出他们搞的那些鬼名堂。用不着冒那么大的风险,除非他疯了。"丁小曼又问她,餐厅在哪儿,服务员说了声"二楼",就倒退着走出去了。

服务员的话多少证实了她此前的判断:这是一则假新闻。蜘蛛网和诺亚网的新闻来源都注明是《淮阳晚报》。她从电话簿上很快就查到了这家报社的电话号码。可对方说,他们的新闻是《星星都市报》的一位兼职记者提供的。在丁小曼的再三恳求下,对方才提供了这位记者的电话。丁小曼拨通了这位记者的电话,接电话的是一台电脑:你好,这里是省农机公司……

丁小曼看着窗外的雨有点心烦意乱。她给邱怀德的手机发了一个短信:我怀疑这是一条假新闻,没有任何进展。邱怀德不喜欢接电话,他迷上了短信,因为他觉得这样更时尚。窗外的一个报贩正在高声叫卖当天的报纸:

卖报,卖报,最新消息。巩俐自杀。

卖报,卖报,巩俐自杀。最新消息。

不一会儿她的手机就响了,邱怀德给她回了信息:那你就编一个。在新闻行业中,适当的杜撰是允许的。宝贝,我想你。这么潮,这么长。

这个短信显然增加了她的忧虑。丁小曼一生气干脆就把手机给关了。

丁小曼上楼去用餐的时候,心里还在想着那个小男孩。她总觉得有什么事不对劲。她上了电梯,可就在她转过身来的那一刻,她看见了他。原来他并没有离开,他蜷缩着身子趴在大堂的沙发上睡着了。他的屁股撅得很高。一个头发花白的门卫正打算把他推醒。电梯的门很快就关上了。

餐厅里到处都是人,服务生将她带到一个靠窗的位子坐下。点完菜以后,服务生向她躬了躬身子:"对不起,今天晚上客人比较多,菜上得比较慢,您得多等一会儿。"

她对面坐着的一位穿西装的男士已经用完了餐,一边剔着牙,一边看报纸。桌上有一只白瓷花瓶,瓶子里插着一朵玫瑰。喧闹的说话声、杯盘的碰撞声,甚至把窗外的雨声都盖住了。可她知道雨下得很大,窗户玻璃上泻水如注。她坐在那儿一阵胡思乱想。任意几个事物之间都能找到联系,都能给她提供丰富的联想。比如说小男孩和那个子虚乌有的水泥厂女工;比如说跳伞运动员和张开翅膀的鸟;比如说玫瑰和雨,还有她熟悉的博尔赫斯。谁听见雨落下来,谁就回想起那个时候,幸福的命运向她呈现了一朵叫作玫瑰的花,和它那奇妙、鲜红的色彩。可她的玫瑰凋萎了,正在腐烂。她甚至觉得自己的脑子也正在一点点地烂掉。她等了足足有四十五分钟,可是菜还是没有送来。坐在她对面的那个男士已经离开了,却将看完的报纸随手放在了餐桌上。丁小曼拂去了两根丢在报纸上的牙签,拿起报纸翻了翻,头版上的醒目标题一下子就吸引住了她:巩俐自杀身亡(详情请见第八版)

丁小曼将报纸翻到第八版,找了半天,才在右下角很小的一块地方读到了这则报道:

【本报通讯员王小强】 诸葛镇八里乡丁卯村七组农妇巩俐为两只鸭子与邻居争吵怄气,回到家中一时想不开,用一根麻绳将自己吊死在屋梁下……

丁小曼的嘴角撇过一丝冷笑,随后就将报纸丢在了桌上。饭菜上来了,丁小曼吃了几口,眼睛又朝那份报纸看了一眼。她忽然想起一件什么事来,放下碗筷又拿起那张报纸看了起来,她的目光紧紧盯在"用一根麻绳将自己吊死在屋梁下"这一行小字上。她心头一紧,忽然想起了刚才那个小男孩给她猜的谜语:人可以悬在空中不落下来吗?

她意识到了某种危险,又有点责怪自己的粗心。她向服务生招了招手,结完账就朝楼下跑去。

她一口气跑到大堂里。沙发上空空荡荡,小男孩已经离开了。她朝门卫走过去,向他打听小男孩的去向。老人指了指门外。

"你认识他吗?"丁小曼问道。

"怎么不认识?"老头一说话,嘴里就冒出一股刺鼻的蒜味,"说起来,他爹还是我的学生呢。"

"这么说,你还是个老师?"

"我退休前在高中教地理,那是好多年前的事了。他爹就在我班上,他肝不好,读到高三就退学了,现在在镇子上扫马路。我差不多每天都看见他们爷儿俩。那个小男孩可懂事了,他爹扫马路,他就跟着他爹捡废纸。"

"你这两天看到过他爹吗?"丁小曼问。

老头认真地想了想说道:"你这一说,我倒想起来了,这两天都没见他来扫马路。你找那孩子有事吗?"

"他家住哪儿?"丁小曼急切地问道,"你能不能带我去一趟?"

"他家我倒认识,不过我的腰不太好,走不动路,再说外面还下着雨呢。"

丁小曼取出钱包,抽出一张一百元的人民币递给老人:"麻烦你带我去一趟,我有急事要找他。"

老头看了看丁小曼递过来的钱,嘿嘿地笑了两声,似乎没有料到她给了这么多。老人转过身去向服务台的小姐借伞,小姐打趣道:"您老的腰不疼了吗?"中学教师还挺幽默,他答道:"不疼,不疼,她要是给我两百块,我可以一口气跑到美国。"

他们俩在雨中走了差不多一小时,终于来到了一幢五层的灰砖楼前。一辆白色的面包车亮着灯迎面驶来,将泥水溅了她一脸。地理教师把她带到楼房最西侧的一个楼洞前就站住了。

"我不上去了,把伞给我。他家住在四楼,401。我就不上去了。"说完,他从丁小曼手里接过雨伞,自己收拢了它,转身走了。

门洞里积了一层雨水。底楼的两家住户都开着门,两家的女主人在高声地谈论着什么。他的舌头吐出了那么长,怪吓人的。在三楼她碰到三个警察正从楼上下来,他们穿着雨衣,脚上是高高的雨靴,手里拿着长长的电筒,楼道里聚集了不少人。孩子也不懂事,人死了这么长时间,怎么也不知道叫人。她闻到了一股刺鼻的消毒药水的味道,怪怪的。

401的门开着。丁小曼一眼就看见了那个小东西。他正趴在床上吃着梨或苹果,他已经吃得只剩下核了。一个四十多岁的中年妇女站在床边,一副心神不定的样子。房间里还有一个小女孩,七八岁。她正踮着脚要从五斗橱上拿什么东西,中年妇女大叫一声:"别碰,会传染的!"转过身来就给了她一巴掌。与此同时,妇人也发现了门口站着的丁小曼。小男孩显然也看见了她,他咧开嘴笑了。

"你是他家什么人?"中年妇女上上下下地打量着她。

丁小曼想了想,说:"亲戚。"

妇人长长地松了一口气,笑道:"那就太好了。"

她说她就住在对门。刚才民警吩咐她,暂时由她来照管这个小男孩。明天早上居委会会有人来处理这件事的。

"他家出什么事了?"

"刚才你没看见殡仪馆来的车吗?他爹吊死了。"妇人说,"这孩子今天一大早,也就四五点钟吧,就来敲我的门,我从水泥厂下夜班回家,刚睡了两个小时就被这小东西吵醒了。我开了门,问他有什么事,小东西说:'你快去看看我爸爸。'我心想:'你爸爸我又不是没见过,有什么好看的。'说实话,我那时是太困了,就把门关上了,谁知道他爹上了吊。"

那女人摊开双手凑在灯光下仔仔细细地看:"我刚才帮他们搬尸体来着,你说会不会传染?他是老肝炎。不过我已经用肥皂洗过手了。"

"洗过手就没事了。"丁小曼对她说。

那妇人牵过女孩的手转身就往外走。

"他妈呢?"丁小曼对着她们的背影问了一句。妇人回过头来,朝她挥了挥手:"也死了。两个月前刚死的,肺癌。"随后,她听见对面的门砰的一声关上了。

现在屋子里就只剩下了他们两个人,丁小曼和小男孩。朝西的窗户玻璃碎了一块,风呼呼地灌进来,将墙边的一摞旧报纸打得透湿。五斗橱上有一张医院的病历单,字迹潦草但还能辨认:肝,CA,晚期。旁边还搁着一卷麻绳,是新的。这自然使丁小曼联想到：孩子的父亲在从医院回来的路上，说不定产生了自杀的念头，就去杂货店买了麻绳。

丁小曼挨着孩子坐在床上，摸了摸他的头，问他饿不饿。小男孩眼睛有点迷糊了，他说他刚才吃了苹果，不太饿，就是有点想睡觉。随后，他忽然从床上溜到地上，搬过一张凳子来，爬上去，打开了五斗橱最上面一层的那个抽屉，取出一个相框来，朝丁小曼晃了晃。

"这就是我妈妈。我说过，她住在抽屉里。"

在看这幅照片的时候，丁小曼才意识到嘴里咸咸的泪水。那是一张苍白而脆弱的脸，目光中带着疑问、哀矜和惊恐。仿佛在拍下它的那一刹那，她正巧看到了一件什么可怕的事。丁小曼把相框放回抽屉里。她想去打盆水来给孩子洗洗脸，但却找不到脸盆。她只得将孩子带到厨房里，凑近水龙头，用手沾了水替他抹脸。她看到他鼻子下面有一块血斑，就问他鼻子是不是破了。男孩说，他早上去敲对面阿姨的门，阿姨一关门，就把他的鼻子撞流血了。

"可流了一会儿，就不流了，你说这是怎么回事呀？"男孩道。

丁小曼一直在流泪。她抱起他，替他脱了鞋，洗了脚，然后就把他抱到床上去。他那小身体软绵绵的，一接触到床铺，几乎立刻就睡着了。

丁小曼坐在床边看着他，独自流了一会儿泪。她取出手机来，拨通了邱怀德的电话。

"邱主编……我想换一个题目,另写一篇报道。"

"你的声音怎么不对劲,出什么事了……喂喂……"

"我这里发生了一件事,我想把它写出来……"丁小曼随后就在电话里说了这件事。

"傻瓜,这事哪儿都有,每天都在发生,算不得什么新闻。"在电话的另一端,邱怀德耐着性子听她说完了这件事,笑了起来,"你不要感情用事。我这里要接另一个电话,待会儿我给你打过来。"

她靠在床上,等了两个小时。脑子里乱七八糟。邱怀德的电话还没有打来,窗外的雨飒飒地下着。这蒙住了窗玻璃的细雨,必将在被遗弃的郊外,在某个不复存在的庭院里洗亮架上的黑葡萄。潮湿的暮色带给我一个声音,我渴望的声音,我的父亲回来了,他没有死去。丁小曼迷迷糊糊地睡了一会儿,脑子里一直在想,第二天早上如何与这个小男孩告别。一想到这里,她的眼泪不知不觉又流下来了。

半夜里,小东西忽然醒了过来,眼睛又黑又亮。他正在拨弄着丁小曼的左手,实际上他是在看丁小曼无名指上戴着的那枚戒指。丁小曼把戒指褪下来,递给他看。

"它是什么?"小东西问她。

"它是一枚戒指。"

小家伙把戒指放在眼前看了半天,忽然说:"我想起妈妈教我唱的那首歌了。"正在这时,手机的铃声响了,是邱怀德的,依然是一条短信:计划改变,明天一早赶往合肥,随后转机飞往北京。刘晓庆出事了。

小男孩呆呆地看着她:"我要唱歌了,你听不听?"

"听,阿姨很想听,你唱吧!"她摸了摸他的头。他的眼睛又黑又亮。

> 你说要听听我唱歌
>
> 你说要看看我的脸
>
> 我不能唱歌给你听,我一唱歌就要流眼泪
>
> 我不能让你看我的脸,你一看我我就要流眼泪
>
> 还是给你摘一朵野花吧
>
> 你问我,妈妈,那是什么名字的花
>
> 你问我,妈妈,那是什么颜色的花
>
> 那是戒指花呀
>
> 那是洁白漂亮的戒指花
>
> 它是妈妈的泪,它是妈妈的心
>
> 它是戒指花

不过是垃圾

1

"我要死了。"

终于,李家杰使出了他的撒手锏,向我宣布道。他偷偷地瞥了我一眼,似乎在估量这句话所可能带来的震惊效果。见我没有任何反应,他又补充说:"医生给我的最后期限是三个月,可我并不像他们那样乐观。很可能挨不到七月末。我现在是时刻听从鬼神召唤。"随后,他笑了起来,露出了被烟渍熏得焦黄的牙床。

李家杰要死了。这并不算什么新闻。春节刚过,电话和互联网一直在重复着这个消息。作为他的同班同学,我不得不装装样子,坐地铁换地铁去东直门看他。应当说,见面后的谈话气氛颇有几分尴尬。我的脑子里只有一个念头,那就是寻找辞别的理由。李家杰显然也发现了这一点,他在变换了几个话题之后,终于单刀直入,切入悲剧性的主题:"我要死了。"

这是他的最后一招。问题是，由于我一直在期待他说出这句话，当它兑现之时，我无法掩饰自己的失望。据说他得了十几种病，正在扩散的癌细胞和心血管堵塞也许较为致命。

他很可能还有糖尿病。因为我看见他将茶几上的那支注射器拿了过来，撩开了衣服，露出了微微凸起的、多毛的肚子。

难道他要直接往自己的肚子上扎针？

没错。他就是这么干的。他将针头鲁莽地扎向肚皮，推入胰岛素，就像对待一头牲口。我的好奇心上来了。我还是第一次看见有人朝自己的肚子上扎针。我对他说："老李，你不怕扎着自己的肠子吗？"李家杰再次笑了起来，似乎有点得意："扎不着。你想扎也扎不着。肠子是滑的，针头一碰，它就跑了。"

现在已经是五月的光景。阳光透过落地的大玻璃窗，暖烘烘的。客厅里浮动着植物和花朵的香气。窗外那条幽寂的胡同里，槐花遍地。附近一所小学正在放学。如果用心谛听，孩子们的嬉闹声还隐约可闻。当时，我注视着胡同里那些被风吹得飘来荡去的细碎的槐花，心里忽然对老李有一丝同情。看来，在如今这世道，妄想通过"死"这个东西来吓人一跳，引起别人的重视，有点不太现实啦。

应当说，整整一个上午，基本上都是李家杰一个人在说话，而他说出的话基本上都是一些陈词滥调。不过，其中有一句话令我印象颇深。他说："在查出癌细胞且已扩散至肺、肝之前，我已经对生活厌倦啦。这叫什么他妈的生活？就像孩子搭起堆烂木头,辛辛苦苦搭起来,然后又亲手将它推倒。我的一生不过如此。"

考虑到李家杰一贯的浅薄无知、一贯的浮浪荒唐、一贯的小人得志,考虑到他眼睛里闪动着的点点泪光,他能说出这样的话已委实不易。就做人而言,也不能说他没有境界。不过,他的反省已为时过晚,这都是他不读书之过。他的脸虚胖而浮肿,被过量激素弄得脱了形。说实话,看着这张脸,不能不让人联想起太平间的化妆室。

差不多在五年前,在被查出癌症前一个月,他还神气活现地在北京的一个总裁论坛上发表演讲,说什么中国的农民被剥削得还不够,还大有潜力可挖,发展世界级的跨国企业就必须让农民破产。台下掌声雷动。鼓掌的人除了他的员工、亲戚之外,就是我们那帮自甘堕落的同学。

三年前的元旦,他还莫名其妙地在凌晨三点给我打来电话,不是表达千禧的祝愿,只为告诉我一句话:"我把苏眉做掉了。"

当时,我的确吃了一惊。当你在夜深人静的晚上正在酣睡,突然响起了电话铃声,一个略带沙哑的嗓音神秘兮兮地告诉你"我把苏眉做掉了"时,你会有什么反应呢?我必须得首先让自己从睡眠的黑暗中挣脱出来,然后再去想想,苏眉到底是谁;最后,我得再去琢磨琢磨,李家杰所谓的"做掉了"到底是什么意思。

2

在我们班上,苏眉的长相并不算出众。论身材,她比不上校花董秋雁;论妖艳,她比不上跳远运动员王曼君;论娇媚,她比不上有花腔女高音之称的徐丽雅。在很长一段时间里,她甚至没有引起任何男生的注意。这个矜持、洁净、沉默少言的小女孩能够一夜之间成为众人苦涩的暗恋对象,在很大程度上要归功于校园诗歌的流行。著名行吟诗人曹尚全在校期间写过一千零一首十四行诗(后来这些诗以《新天方夜谭》之名结集出版),其中有一千首是送给苏眉的,剩下的那首当然留给了诗人自己。那些诗句尽管拙劣,但我们至今耳熟能详。比如:

你令人揪心的美丽过于昂贵,反而
无人敢买

坦率地说,我对于苏眉,也不是没有非分之想。那一次在食堂打饭,等到买完菜,一数菜票,差了六毛。怎么数都差六毛。食堂戴口罩的师傅不耐烦地用铁勺敲着锅沿,仿佛要把我短少的那六毛菜票敲出来似的。这时,一只纤细的手搭在了我的右肩上,同时我听见有人在背后说:"用我的吧。"此前,我并不知道苏眉就在我身后,或者说不敢相信她就在我身后。整整一个下午,我的半边肩膀一直麻酥酥的,满脑子里都是她扳动我右肩的分解慢镜头动作。

她一点也不像传说那样的矜持冷漠,一点也不害羞,甚至并不神秘。有一次上形式逻辑课,课间休息时,从四川来的向国忠不经意朝地上吐了一口痰,苏眉愣是逼着这个一米八七的壮汉用餐巾纸将地上的痰迹擦得干干净净。于是,我们发现,苏眉并不柔弱。那种传说所包裹起的女性形象与实际生活中的苏眉很可能并不是一回事。她生活在自己的世界中,平常而自然,我们生活在对她的想象里,悸动而不安。不过,她对洁净的过分要求还是给我们留下了相当一致的印象。她每次进入教室之后,第一件事就是用酒精棉擦她的课桌。她有事没事总爱吸鼻子,不管有无鼻涕,每隔几秒、十几秒,总要抽动几下。而且,她在吸鼻子时,眉毛也挤在一块儿,就会露出对一切事物都不屑一顾的神情。

据女生那边传过来的消息说,她几乎从不使用公共坐便器。更有甚者,为了不让人坐她的床铺,即便是在冬天,床上的帐子都是垂挂下来的,将床铺裹得严严实实。后来成为美国文学专家的邓海云博士,也是苏眉热烈的崇拜者之一。(他曾诱使我同意,由他代为向苏眉偿还那六毛钱的菜票,以获得接近她的借口。被我坚决拒绝。)他每次提到苏眉都要加上一个修饰词,说成:"我们的苏眉。"按照他那酸腐的逻辑,苏眉已经成为象征性人物,她的纯洁维持着我们这个肮脏世界仅有的一丝信心。他还引经据典,说霍桑写过一篇名叫《年轻的古德曼·布朗》的小说(事实上这也是美国文学史上最令人悲伤的故事),纯洁少女露丝的堕落,哪怕是在一个偶然的梦中,也会让布朗先生自绝于人世。言外之意,别人都可以堕落,唯独苏眉不行。他小心翼翼地维护着苏眉的形象,不使她沾上任何俗世的灰尘。他曾经和校园流氓歌手黄光辉在大礼堂门口决斗,就因为后者曾四处扬言,他一生最大的梦想就是与苏眉坐在一起看一场黄色电影,借此来观察她精神崩溃的过程。决斗的结果,邓海云永久性地失去了两颗门牙。

因此,当我们听说猎艳高手李家杰要正式对苏眉发动春季攻势(时间在暮春,代号"熄灯行动")时,立刻激起了全班男生的强烈义愤。在此之前,在李家杰的穷追猛打下,他已经成功俘获了跳高运动员王曼君。两人出双入对,宛如老夫老妻。他怎么会想到对苏眉下手呢?

悲哀之雾,密布校园。诗人曹尚全痛定思痛,于该年初夏写下了他那传诵一时的《千年一叹》:

> 风雨如晦,日月无光
> 一只肮脏的手
> 伸向红湿的海棠

其中"红湿的海棠"这一意象虽由杜诗中直接化用而来,但的确过于刺激,让我们整个四月春梦连连。我在那些日子,一连五天梦见了苏眉,每次都梦见她穿着新嫁衣,坐在一辆装满麦秸秆的大车上跟我回烟台老家成亲。

那天晚上,我们正在101教室上晚自习,教室里的灯忽然灭了,整个教学楼一片漆黑。我原以为这不过是一次普通的电路故障,可向国忠同学并不这样看。

"熄灯行动开始了。"他捅了捅我的胳膊,小声对我说。

他预先得到了准确的情报,因为参与这次行动的关键人物谭桑秋是他的四川老乡,他们之间无话不谈。按照李家杰预定的计划,谭桑秋现在已经在文史楼顶部的阁楼里——那是教学楼的总电房所在地,扳下了总闸的开关。

桑秋是李家杰的死党。他人为地制造停电事故,正是为了李家杰能够从容地趁黑下手:将一张邀请苏眉外出的字条悄悄地扔在她的桌前。

"我甚至还知道字条上的内容。"向国忠在黑暗中嘿嘿地笑着,似乎很得意。正说着,灯就亮了。果然不见了李家杰。我们看见苏眉从教室中间的某一个座位上站起身来,四下里张望了一下。很显然,她看见了字条,犹豫了一下,还是走出了教室。

"她现在要去杏树林,就在食堂的西边。李家杰正在那儿等她。"向国忠解说道。

按照他们事先的部署,桑秋也应该在那儿。他正躲在不远处的树篱背后窥探动静:如果李家杰得手,桑秋将默默离去;如果发生争吵,事情弄得不可收拾,桑秋将会从他埋伏的夹竹桃丛中跳出来,假装路过那里,帮助李家杰全身而退。

时候不大,苏眉就回来了,跟她去一趟厕所所耗费的时间大致相仿。怎么这么快?

"行动失败。"向国忠宣布道。

苏眉仍旧坐在那儿看书,仍旧时不时抽动一下她那好看的鼻子,就像什么事也没有发生过一样。大约半小时之后,从来不上晚自习的桑秋一脸坏笑地走进了教室。他长得又瘦又小,头发长久不洗,且又沾满露水,一绺一绺地耷拉着;走起路来,故意摇摇晃晃,一对眼睛又黑又亮。在经过我们身边时,还朝向国忠眨了眨眼睛。

他是来帮李家杰整理书包的。行动失败的李家杰显然已无脸再与苏眉相见。我们看见谭桑秋将李家杰桌上的那摊书和笔记本一股脑儿撸到一块儿,夹在腋下,屁颠屁颠地走了。很快,我们就听见他在空旷的走廊里用他那五音不全的嗓门唱起歌来:

你看那水中的花朵
强要留住一抹红……

教室里爆发出一阵哄笑,连苏眉也忍不住地笑了起来。事后,我们听说,李家杰为了这次行动进行了周密的准备。他去图书馆研究了不下十五本爱情心理学专著;去系办公室查看了苏眉的家庭地址、父母职业、兴趣爱好等信息,做了大量的案头工作;他实地考察了至少三四处作案现场(最后将第一作案现场选在了食堂边的杏树林),其中还包括万一进展顺利后的幽会地点(苏州河旅馆),吃夜宵的饭店(中山桥小吃店)。当然,他还听从了老魏的劝告,让谭桑秋去商场的计划生育柜台购买了避孕套。

老魏是我们班唯一一个带着老婆孩子读书的中年男性,人称"老头子"。他身兼班长与分团委书记,精通算卦和床笫之事。当李家杰拎着两瓶七宝大曲登门求教时,老魏以不变应万变,仍以"爱情八字诀"教之:"下手要狠,动作要猛。"

根据向国忠的转述,苏眉接到字条之后,由于对方没有留下姓名,她并不知道约会者是谁,但她最后还是去了。这再次证明苏眉并不像传说的那么胆怯或不近人情。当她赶到食堂边的杏树林时,一个黑影已经在一张石桌边等着她了。杏树林原先有路灯,但已遭到谭桑秋事先有预谋的破坏,因此,四周漆黑一片。具体对话大致如下:

苏眉:请问,是您约我来的吗?
李家杰(清了清嗓子):是。
苏眉:您有什么事?
李家杰:没,没有什么事……
苏眉:那我走啦,再见。
李家杰:再见。

整个场面维持了不到两分钟。这天晚上十二点,"老头子"魏挺一边用生姜水泡着脚,一边听取李家杰和桑秋的详细汇报。末了,魏挺对李家杰道:

"你说说,你做的这叫什么事呀?就好比两军对垒,你还未与敌军接触就败下阵来。这算什么呀?甚至连个遭遇战也算不上,怎么能打赢呢?一定要接触。下手要狠,动作要猛。幸福不会从天降,社会主义等不来……不过,依我看,这事还没到完全绝望的地步。既然你的话还没说出口,就谈不上被拒绝。再说了,杏树林黑灯瞎火的,人家恐怕连你是谁也还没搞清楚呢。这事刚开了个头,消极悲观的情绪端端要不得,等会儿我们再合计合计。"

不过,这件事第二天就传遍了整个校园,并很快引起了我们辅导员的注意,他还专门约苏眉谈了一次话,具体说了什么,苏眉不说,我们也就不得而知了。

谭桑秋尽管对向国忠毫无保留,无话不谈,但对于别人却始终守口如瓶,不透一丝口风。就连王曼君对他也毫无办法。她屡屡试图从桑秋口中套话,每次都无功而返。有一天傍晚,王曼君约桑秋去河边散步,两人来到空旷的共青场,在高高的看台上找了个地方坐下来。王曼君就将一只手搭在他肩上,对他说:

"毛豆,你李大锅(哥)近来传出一些风言风语,那可是真的?"

桑秋将脖子一梗,从容笑道:"没有任何迹象表明那是真的。"

王曼君又说:"这些天我怎么觉得李家杰神色有些异常嚜?"

桑秋道:"未见任何异常。"

"我也不相信那是真的哟,可别人一提那个馊(苏)眉,这锅那锅的,我一听怎么心里抖(堵)得慌嚜。"

"此皆妄人耳食之谈,不值一提。"

"可我听说,辅导员前些天找那锅馊眉谈话呢。"

"那是他的权力。"桑秋紧抿着嘴,一字一顿地说,"他是辅导员,他爱找谁谈话就找谁谈话。"

"不瞒你说,我昨晚倒是偷看了你大锅日记里夹着的一封情搜(书),那上面白纸黑字,清清愁愁(楚楚)。"

谭桑秋一愣,立即意识到大事不妙,赶忙问道:"给谁的情书?"

"他没有写名字,不过我怎么看都不像是写给我的呢。"

"那就是写给你的。"谭桑秋坚决地答道,"种种迹象表明,那情书就是写给你的。"

"我们俩都到这个份儿上了,他有多少话,不能当面对我说?"

"你听我说,事情是这样子的,这个,他当然可以说,不过也可以写,反正谁也没规定,谈了恋爱,就不能写情书,你说对不对?"

"也是。"王曼君想了想,长长地松了一口气。

第二天,谭桑秋刚从厕所出来,就被王曼君堵在了门口。她的眼睛都哭肿了。"你回去告诉那个姓李的王八蛋,我要对他进行疯狂的报复。"撂下这句话,她就一路哭着跑了。谭桑秋觉得事关重大,立即找到了李家杰,将这一最新情况向他报告。李家杰正在寝室里蒙头大睡,他撩开帐子,点了一支烟。

"一点都不奇怪。"李家杰不屑一顾地说,"昨天晚上我已经给她摊了牌,我们正式分手了。她要报复,我也没办法。"

"请注意,不是报复,"谭桑秋纠正道,"而是疯狂的报复。"

王曼君所谓的报复迟迟没有降临,失恋后的痛苦和愤怒却使她的运动成绩突飞猛进。她连续三次打破保持了十八年之久的校跳远纪录;两次打破市三级跳远纪录;暑假前夕,她参加了上海市大学生代表团出访了朝鲜和坦桑尼亚。她的大幅照片在学校报栏橱窗里贴得到处都是。正当学校准备材料要替她申报"新长征突击手"这一称号时,却发生了这样一件事。

王曼君因为要参加集训,暑假没有回家。而谭桑秋家在湘西山区,家境贫寒,他父亲来信命他省下回家的车票钱,并让他去远房叔叔所在的印刷厂打工。晚上闲着没事,王曼君常常来找桑秋聊天。聊来聊去都离不开李家杰。

这天傍晚,下了一天的雨,校园里的两条河都满了。两个人拎着塑料凉鞋,高挽着裤腿在校园里散步。走着走着,天就黑下来了。王曼君提出去学校后门的一个四川馆子吃饭。他们要了差不多一打啤酒,一直喝到深夜。他们两个约好不再讨论李家杰和苏眉,可说来说去,话题又回到了他们俩身上。

"馊眉,馊眉有什么好?你大锅头(图)她个啥?她哪一点能跟我比?"王曼君显然喝多了,舌头也有点打结了。桑秋本来就不能喝酒,到了这时,早已亢奋得不行了,他抬袖揩了揩迷离的眼角,笑道:

"那,那,你说李家杰有什么好?他哪一点能和我比?"

"去他娘的馊眉。"王曼君手一挥,桌上的七八个空酒瓶就叮叮当当地倒了下来。

"去他娘的李家杰。"桑秋同学也学着王曼君,小手一挥,却被王曼君捉个正着。

"毛豆,"王曼君怔怔地看着他,笑道,"毛豆,想不想跟大姐去看通宵电影?"

"想。"谭桑秋同学狠狠地咬了咬牙,应道。

于是,两个人就去看电影。

他们来到沪西工人文化宫的时候,电影已经开场了。售票员上上下下打量了他们一眼,问他们是要普通票还是包厢。

"包厢。"王曼君答道。

于是他们来到了二楼的包厢。

那晚的第一场电影是印度片《奴里》,片子有点乏味,可两个人都假装看得津津有味。电影放到奴里被地主强奸一节时,桑秋就听见王曼君的呼吸声陡然变重了。黑暗中,她再次捉住了桑秋的小手,将它拽向自己的领口,并低声命令他解开扣子,谭桑秋同学犹豫了一下,决定照办。王曼君命令他把手伸进去,桑秋同学狠狠地咽了一口吐沫,也照办了。王曼君又命令他"按电铃",他还没来得及按,手电筒的光就照过来了。同时有四个手电筒的光柱从四个不同的方向射向了他们的包厢。

谭桑秋同学吃惊地发现,五六个手臂佩戴红袖章的工纠队员不知在什么时候已悄悄地站在了他们的身后。他们随即被带往文化宫西楼的一个小屋里关了起来。工纠队员打电话给学校的值班室,值班室又打电话通知了他们的辅导员。直到深夜两点,辅导员才骑着自行车赶来,将他们领回学校。辅导员并未过多地责怪他们,只是委婉地表示,他们不应该在电影院里做那样的事。实在熬不住的话,可以找一个更安全的地方。不过,他们既然被工纠队拿获而且人家已通报了学校,按照他多年的经验,接下来,学校处罚将会十分严厉。

"他们会开除我们吗?"王曼君哭着问道。

"那也并非不可能。"辅导员回答。

谭桑秋一声不吭,他正在心里盘算着,如何在面对学校的调查时,为自己开脱罪责。实在不成,就告对方一个强奸未遂。因为他所做的一切都是在膂力过人的王曼君的胁迫下被动实施的。两个月之后,学校的处理结果出来了,王曼君被剥夺了一切荣誉,留校察看;谭桑秋检查深刻,对他的处罚要轻得多:免予处分。但他并不知道,"免予处分"实际上也是一种相当严重的处分。

谭桑秋由于惊吓过度,身心受到摧残,不久就得了急性肝炎。他被隔离在市传染病中心的一个铁笼子里。李家杰每周都去看他,给他捎去水果、书籍、香烟,隔着铁丝网陪他聊天。桑秋出院重获自由之后,为了表示自己并不担心传染,李家杰硬是将桑秋吃了一半的苹果吞入腹中。出于感恩,桑秋病愈之后更加死心塌地地替李家杰卖命。他所承担的工作,除了负责打探有关苏眉的家庭社会关系以及一切的交往人等之外,还要帮李家杰在101教室占座。经过他精心的安排,李家杰每次上晚自习时都能与苏眉坐到一块儿。(正是由于这个原因,后来苏眉干脆不来上晚自习了。即便是在路上,只要一看到桑秋,苏眉常常扭头就走,眉宇间藏着鄙视与厌恶。)

谭桑秋经过长期跟踪和盯梢,终于刺探到一条重要情报。种种迹象表明,苏眉与上海警备区某部的一位现役军人"过从甚密"。经过进一步的侦查,李家杰发现,这个军人就是当年来校负责军训的那位副连长。

"很有可能,他们从军训的时候就搞上腐化了。"桑秋对李家杰说。

"你别胡诌。"李家杰不能容忍任何对苏眉的贬损之词,"她是纯洁的。她很可能只是崇拜军人而已。你再去查查。"

李家杰嘴上这么说,可暗中却给学校党委一连写了三封匿名信,检举该副连长生活作风有问题。这些信发出之后就石沉大海,没有任何回声。不过,既然苏眉崇拜军人,李家杰就让谭桑秋在校园里四处放风,说李家杰的伯伯是南京军区某机械化部副军长,目前正在老山前线的猫耳洞里指挥作战,而且不久之后就会来学校视察。(实际上,李家杰的伯伯有点驼背,是个手艺不错的剃头匠。)更为重要的是,李家杰大学毕业后,将去部队服役,军衔是上尉,但很快就会晋升至少校。

苏眉对于这件传闻没有表现出任何兴趣,倒是学校武装部部长闻讯之后,特地请李家杰吃了一次饭。

很快,李家杰又得到谭桑秋的密报:苏眉和体育系的一位体操运动员打得火热。每个星期四下午,苏眉都会去学校体操房陪这个体操运动员训练。有一次,两人还一起手拉手去学校的电影院看电影。不过,这条线索不是桑秋提供的,而是魏挺在电影组卖票的老婆透露的。

"这么说,苏眉除了军人之外,还崇拜运动员?"

"情况看来的确就是这样。"桑秋附和道。

李家杰就是从那个时候开始疯狂地练上健美的。他原本身材瘦弱,是标准的麻秆儿,可在锻炼了两个月之后,竟在自己身上的各处弄出了十几块硬邦邦的腱子肉来。可是如何向苏眉展示这些好看的腱子肉呢?当时正值隆冬,还下着雪,光膀子看来是不行了。桑秋倒有个好主意,在学校的河里冬泳,可李家杰是个旱鸭子,不会水。正当李家杰整天愁眉不展的时候,桑秋的补充情报又来了。原来那个体操运动员是苏眉的哥哥,名叫苏发,是通过特招进来的健将级运动员。李家杰终于长长地舒了一口气,当场决定晚上请桑秋去中山桥吃小馄饨,好好庆祝庆祝。

3

李家杰遗体告别仪式之后,我们租用一辆大客车,去国际饭店的上海厅大快朵颐。特地从美国赶回来的校花董秋雁提议全体起立,为李家杰默哀三分钟,我们欣然同意。默哀毕,我们正要举杯,不料董秋雁又说,让我们跟她一起祷告。考虑到她的基督教信仰,我们只得照办。董秋雁用英文朗诵了祷词,由于我英文不佳,更由于董校花不时夹杂着一两声哽咽,除了最后的"阿门"之外,我基本上没听懂她在说些什么。

大家仍然称她为校花,可董秋雁嫁到了美国之后,身体迅速发胖,皱纹急剧增多,脂粉越施越厚。谁都听得出来,"校花"一词隐隐有些讽喻意味了,好在秋雁并不计较。

老头子魏挺早已谢顶。他一手夹着粗大的雪茄,一手搂着夫人王曼君,忽然说道:"可惜今天小毛豆不能来了。"

我也是刚刚听说,小毛豆在三个月前已被"双规",正在接受山西省纪委的审查。

"桑秋即使不出事,他也未必会来参加葬礼。"说话的人是诗人曹尚全,"早在两年前他已经和李董事长彻底闹翻了。"

曹尚全现在的身份是李家杰集团旗下一个房地产公司的

老总，据说很快将接任集团副总裁。他是李家杰一手提拔起来的。按照行规，他在提到李家杰时不能直呼其名。他早已不写诗了，长期折磨他的失眠症和祖传的口吃都已霍然而愈。据说如今他连走路时都能睡上一觉，而且特别能说会道。

坐在我一旁的向国忠对曹尚全最为不屑。经济状况不佳和夫人的红杏出墙搞得他心绪不佳。他把所有比他稍稍有钱的人（大概也包括我）都称为"资产阶级"；把比较有钱的人称为"令人作呕的资产阶级"；把特别有钱的人直接称为"畜生"。他每日里研读《毛选》并暗暗期待无产阶级革命再次席卷全球。"无产阶级重新掌权"成了他仅有的精神寄托。

他和曹尚全一见面就发生了激烈的争吵。即便吵架，向国忠同学也显然不是曹总的对手。曹尚全在殡仪馆就指着向国忠的鼻子骂道："资产阶级怎么啦，没错，老子就是资产阶级！你他娘的不想成为资产阶级吗？老子要是给你在公司安排一个月薪三万元的职位，你他妈的爬着就来了。"

"世道变啦！"向国忠愣了半天，对我感叹道，"《白毛女》中有这样一句台词：'旧社会把人变成鬼，新社会把鬼变成人。'可现在这个社会呢？把人变成不人不鬼，什么玩意儿啊！"

席间，大家深情地回忆起与李家杰共同度过的四年大学时光，言谈中多少有了一点怀旧的意味。魏挺同学更是从民族、国家、经济全球化的高度，全面评价了李家杰同学对我国的 GDP 的巨大贡献。当然，也有人穿插一两段李家杰在校期间的旧闻趣事作为谈资。一直遭受冷落的向国忠却极不得体地提到李家杰与苏眉的感情纠葛,并将当年的"熄灯事件"添油加醋地描述了一遍。我看见邻座的王曼君神色有些复杂。她担心这个不知深浅的家伙将自己当年的事一并抖出来,魏挺显然觉察到了妻子的顾虑,他一直在试图打断向国忠的话:"大家也别光说话,吃菜吃菜。老向,吃菜。"

既然提到苏眉,曹尚全也就清了清喉咙,不紧不慢地说道:"董事长当年对苏眉的旷世恋情是纯洁的。这样冰清玉洁的感情,在今天已经难得一见。甚至可以毫不夸张地说,苏眉改变了董事长的一生。足以感动天地。我们,包括我,当时都在默默地替他们祝福。"

诗人曹尚全同学有一句话还是对的,大学四年,李家杰基本上生活在苏眉的阴影中。苏眉酷爱《红楼梦》(据说这本书她已读过不下十遍),李家杰就主动申请去做红学专家朱小兰老师的助手。他抢着替朱老师拎包(其实她的包里只有一本薄薄的讲义);课间他不断地走到讲台前为她倒水,迫使朱老师不断地对他说"谢谢你,李同学",继而不断地中断讲课往厕所跑;他利用周末,去朱老师家帮她买菜做饭打扫厕所,并坚决要求报考朱老师的研究生。弄得朱老师一心想把自己的那个长着一口四环素牙的女儿嫁给他。

后来,谭桑秋又搞到一条情报:苏眉喜欢加缪。李家杰就开始去外语系旁听法语课,并让桑秋将图书馆所有与加缪有关的书籍都搜罗来,做了一千三百张读书卡片,写了两本学习心得，并着手研究法国存在主义与魏晋风度之间的关系。李家杰正准备让桑秋为他安排只有苏眉和他本人参加的"加缪著作讲读会"时，不料桑秋抱歉地告诉他，他把事情搞错了，苏眉同学喜欢的那位外国作家不叫加缪，而是叫"缪塞"。而且问题是，这个缪塞好像并不是法国人。

"没关系，没关系，搞错了也没关系，我们从头再过。不过，你先说说，那个狗娘养的缪塞到底是什么鸟人哪？"

"坦率地说，我也不知道？"桑秋两手一摊，只恨自己读书太少。

他们只有去向有"博识通人"之称的邓海云打听。邓海云想了半天，说道："缪塞，我可没听说过。你们有没有搞错，会不会是瑞士籍的德语作家黑塞，就是写《玻璃球游戏》的那个人？"

谭桑秋面有难色，嗫嚅道："我说不好，可能是缪塞，也可能是黑塞，要不然就是黑缪？"

这件事就这样不了了之，李家杰的法语也没有再学下去。

转眼间已到了一九八五年春天。苏眉跟随语言学教授孙大吾去浙江丽水搞方言调查去了，一走就是两个多月。在这段时间里，谭桑秋基本上无事可干，他成天和李家杰在校园里晃悠，度日如年。好几次，他们打算乔装改扮去丽水探营，又苦于没有路费。经济上的拮据促使他们做出了一个重大决定。

按照小精豆子谭桑秋的分析，中国社会正在转型之中，随着社会改革的深入,中国未来社会只存在两种人:一种是富人,也就是老板或是雇主;一种人是穷人,也就是雇员。并无一个称作"研究生"的职业。"我暂时还不知道苏眉到底喜欢什么,但我知道所有的女人都喜欢钱。"为了彻底打消李家杰的顾虑,谭桑秋又补充说:"我们不如抢先下手,先赚它一笔钱再说,为日后成为第一种人做些积累。"

事后来看,早在一九八五年,谭桑秋就已做出如此精深的决断,使日后成为上市公司集团董事长的李家杰佩服得五体投地。即使他们在公开闹翻了之后,李家杰一提起谭桑秋,仍然赞不绝口:"别看那家伙成天疯疯癫癫,其实浑身上下每一个毛孔都透着精明,真他妈是一个天才。"

问题是,他们到哪里去赚钱呢?谭桑秋打算去饭店门口替人家擦皮鞋,李家杰则建议在学校后门摆个小摊卖袜子。两个为此争执不休,最后总算达成一致:去山东烟台贩运苹果。可是去烟台跑一趟也需要本钱哪!他们一合计,不约而同地想到了敲诈自己的父母。两人分别给父母写信索取"毕业分配派遣费",李家杰又用自己父亲的名义向当剃头匠的伯伯借了一点钱。到了五月末,两人包租了一辆解放牌大卡车,摇摇晃晃地上路了。半个多月之后,他们两个人还真的从烟台运回来一车"小国光"。

卸货的时候,我和向国忠都被他们拉去帮忙。几个人累了一整天,才把那车苹果卸完,堆放在宿舍楼看门老头的地下室里。李家杰慷慨地发给我们每人一枚"小国光"作为酬谢。

用向国忠比较夸张的话来说,那枚苹果并不比维纳斯的乳头大多少。不过,味道倒是挺不错的。

接下来就是南方的梅雨季节。宿舍的楼道里渐渐开始飘出一种甜丝丝的酸味,陪伴我们进入梦乡。在梦中,向国忠同学总要杞人忧天般地发出嘟嘟囔囔的呓语:李家杰的苹果看来是烂得差不多啦!又过了一段时间,等到小国光的甜酸味变成清香的果子酒味儿的时候,我们已经快要毕业了。

李家杰被分配至四川内江的一家发电厂,在宣传科当干事;邓海云则被分配到中央新闻社(曾改为中国新闻社)当记者——临行前,他不好意思地找到了李家杰:"情况总算搞清楚了,还真他妈有一个名叫缪塞的作家,德国人,代表作品《反复无常的人》,死于一九三〇年。"

苏眉则回到了河北承德,在中心小学任语文老师。她本可以留在上海的《解放日报》当编辑,但她自愿回老家教书。对此,李家杰一点都不感到意外,据说传统而又纯洁的女孩一般都比较恋家,而且大多都热爱祖国的教育事业。

谭桑秋的分配却让所有人大吃一惊。我们读到二年级的时候,辅导员郦学义已经作为后备干部到市委党校学习去了。到我们毕业前夕,他的官已经大到需要一个私人秘书了。他在全年级挑来挑去,最后选中了谭桑秋。他有六门课不及格,学校为了社会和政治影响,教务部门在毕业前将他的不及格记录一笔勾销,还给了他"优秀毕业生"称号。据向国忠的小道消息称,辅导员当年在处理谭桑秋与王曼君的"风化案"时,谭桑秋的一份才华横溢的检查给他留下了不可磨灭的印象。

离校前,我们全班在中山桥馄饨店吃了一顿散伙饭,一向不屑于跟我们打交道的李家杰也流露出了惜别之情。他在我的本子上留下了这样一句励志格言以赠别:仰天大笑出门去,我辈岂是蓬蒿人。向国忠喜欢文学创作,他给我的留言是:咱们文代会上见!可惜的是,我那时基本上还不知道何为"文代会"。而谭桑秋给李家杰的留言则在全年级广为传诵:兄弟,好好挣钱吧!我有权,你有钱,何愁大事不成?也有人认为,这段留言是好事者的杜撰或附会,事实上并不可靠。

李家杰专门找了一个时间(一般来说,多半是晚上)去敲苏眉的门,让她给自己留言。这是他最后的机会。可苏眉在三天前已提前离校,她的那个铺着一层旧报纸的床位早已空空荡荡。李家杰在那儿还找到了一个日记本,那是李家杰嘱咐谭桑秋强行赠送给苏眉的。日记本已经成了一块纸饼,绿色的塑料封皮上已有了点点霉斑。

李家杰毕业之后,并未去四川内江报到,而是在上海当起了"漂流一族"。他先是承包了学校的一个教师食堂,所得利润,全部用于购买二纺机和飞乐音响的原始股,赚了不少钱。后来,他又成为英国发烧音响器材的代理商,也将自己变成了一位古典音乐的发烧友。他开始在上海电视台《音响发烧门诊部》节目中作为嘉宾频频亮相。谭桑秋在做了郦学义的秘书之后,日理万机之余,仍然帮助李家杰出谋划策。据说,李家杰所代理的一款"罗杰斯35a"音箱,其广告词就出自谭桑秋的手笔,词曰:小身段,大震撼!

虽说李家杰在二十世纪八十年代末就已发财,但与经济界层出不穷的巨子大鳄相比,显然还只是一个小角色。九十年代初,我去上海出差,在普陀区的一家饭馆与李家杰不期而遇。李家杰带领他的十多个手下,从阴暗潮湿的门洞闯进来的时候,已经弄出了不小的动静,吓得饭店经理、跑堂忙不迭地到门前迎候。如果配以京剧的锣鼓家伙,整个场面就是《智取威虎山》中匪兵亮相的翻版。大致情形如下:

锵锵锵锵锵(锣鼓声响)……

众喽啰弓着腰,斜着身子,迈着小碎步,从大门外一个接一个地鱼贯而入,他们在饭店前厅原地转了几个圈之后,围成一个半圆弧形。

音乐起。主角出场。

但见李家杰身披皮大衣,嘴叼大雪茄,手握砖头般厚重的大哥大,在几名贴身光头侍从的护送下,一步三摇,晃晃悠悠地迈了进来。

他走到一张餐桌前,将一只脚踏在椅子上,一扬头,一撩羊皮大氅,露出了里面的雪白保暖内衣。只见他手托下巴,略一沉思,竖起一根中指,神秘地勾了勾。

两名喽啰立即迎上前来,俯身恭听。

李家杰朗声说道:"咱们——坐哪儿呀?"

其中一名喽啰立即用手一指,用标准的京剧韵白,干净利落地吐出两个字来:"靠——窗!"

锵锵锵锵锵……小喽啰又依次沿着餐厅中间的通道蜿蜒而行,最后在餐厅靠窗的两张大圆桌前落了座。

李家杰真正发家,成为名重一时的上市控股集团的董事长,则是九十年代中期以后的事了。当时,谭桑秋陪领导去了一趟香港之后,大开眼界,立即鼓动李家杰进入房地产行业,并建议将公司总部从上海迁至北京。李家杰在北京南郊买了一块地皮,房子才盖到一半,桑秋又暗示他收购并重组河北的一家国营棉纺厂。随后,他在北京又开了三处酒楼、两家洗浴中心、一座绿色蔬菜种植基地。一九九五年暑期的一天,我们年级一位名叫张立群的同学带了女儿来北京玩,他在饭桌上告诉我:如今李家杰的生意做得他妈的"有点大"。立群一向是沉稳低调的人,我当然知道他说的"有点大"是什么意思。他说,李家杰提出以八千万的价格将他的公司吞并,他有点犹豫不决。

几天后,李家杰就给我打来一个电话。从午夜一直说到凌晨(我已经将他所有的公司名称都背得滚瓜烂熟了)。末了,他故意问我:"你帮我合计合计,我是进人大好呢,还是进政协?"

一九九九年春节前夕,在李家杰公司总部大厦落成之际,他给全班四十五个同学每人都发了一份请柬,邀请大家聚一聚。也可以算作毕业十四周年的纪念会。来回车、机票由李家杰集团提供,另外每人还有三千元的"出场费"。尽管如此,由于临近春节,最后实际到会的也只有十三个人。向国忠就是在那次聚会上不幸染上性病的。

那天晚上,在西山度假村的客房里,一名艳丽的女孩敲开了他的房门。她说是李董事长吩咐她来侍候客人的,向国忠想都没想就拒绝了。"我还从来没见过这么漂亮的女孩子,但我还是拒绝了。"事后,向国忠对我说,"你知道,这是需要一点勇气和人文精神的。"

这名女子离开后不久又踅了回来,还带来了另一名女子,还说,她没有完成任务,董事长很生气。"他让我们俩一起来给你做三明治。"

"什么三明治?我们不是吃过饭了吗?"向国忠不解地问道。

其中一个小姐就笑了,露出了好看的虎牙:"做三明治呀,就是,唉,就是我们俩一起侍候大哥您。"向国忠一听,当时腿就软了。

"事情到了这个地步,我再拒绝,就显得过于不近人情了。"向国忠说,"毕竟我也是血肉之躯呀,我只能把自己交出去,由她们去糟蹋了。"

他从北京回到四川之后不久,就被查出患了梅毒和疱疹,单是住院费就花掉了六千多。

曹尚全也是参加这次神仙会的十三个人之一。聚会完了之后,他和妻子索性留在了北京,在李家杰集团负责宣传和媒体的广告策划。他只用了不到一年的时间,就为李家杰写出了一本传记、七篇报告文学、三十二篇个人专访。一天晚上,已经是深夜两点了,李家杰突然打电话给曹尚全,让他火速赶往公司总部,有急事找他。那天晚上北京下了一夜的大雪,曹尚全正发着高烧,接到电话,就由妻子开上别克车,驾车前往公主坟的公司总部。夫妇二人赶到公司,来到李家杰的卧房外,却被两名戴着白手套的保镖挡了驾。他们被告知董事长正在休息,让他们在接待室等候。他们一直等到第二天上午十点半,洗漱完毕、吃完早点的李家杰才正式召见曹尚全夫妇。他们来到李家杰宽敞的办公室,后者皱着眉满脸不高兴地对曹尚全说:"这么早,你来找我有什么事呀?"

曹尚全委婉地提醒他的董事长,是董事长本人深夜两点打来电话,说公司有急事,他才冒雪带病赶来的。说到生病,曹尚全就强烈地咳嗽起来,以表明他没有说谎。

董事长用手指敲了敲脑壳,忽然笑了。

"唔,我是打过电话。我给搞忘了。是这样的,我临睡前翻了翻你写的那本传记。里面提到了一个名叫 S 的人,他是谁呀?"

"苏……苏眉啊。您难道忘了?"曹尚全道。

"噢,苏眉……苏眉。好。苏眉。就这事,你可以走了。"董事长懒洋洋地冲他挥了挥手。

曹尚全从办公室出来,发现自己的内衣都被汗水浸湿了。"他完全可以在电话中问我呀,干吗要把我叫到公司来。"曹尚全嘟嘟囔囔地对妻子抱怨说。他的妻子一听,也有点不高兴:"董事长叫你来,你就来吧,说那么多废话干什么!"

根据邓海云博士的分析，李家杰还真有可能把苏眉给忘了。他现在是企业巨子、社会名流，大大小小的名头就有二十多个。成天忙于兼并、重组和企业扩张；为希望小学捐款、剪彩；去抗洪救灾第一线慰问……何况他在欧洲、非洲和东南亚都有业务，成天在天上飞来飞去。好不容易闲下来了，他的十多个如花似玉的女秘书，就够他受的了。这些年跟他上过床的女孩子少说也有七八百，其生活的腐烂已到了何等疯狂的程度！甚至连曹尚全的夫人"小辣椒"都未能幸免。据说，李家杰对她肉体的痴迷只有一个理由，就是她的高潮来得特别快，只需要半分钟。

"这个人迟早要出事。不过，既然他从曹尚全写的传记中回忆起了当年苦苦追逐的猎物，苏眉八成就要倒霉了。"在我陪同邓海云教授去学校报告厅讲学的路上，他对我这样说，"苏眉八成要倒霉了。我了解李家杰这个人。不信我跟你打个赌。说不定，此时此刻，李家杰就在赶往承德的途中。"

我问他最近这些年，有没有苏眉的消息。邓海云摇了摇头："她和谁都不联系，从不参加任何聚会。我曾给她写过一封信，也没有回音，似乎从人间蒸发了。不过，现在，李家杰要去找她了。我真替她捏了把汗。"

4

"遗忘是一种更为深刻的记忆。"李家杰的声音有点儿沙哑,他点燃了一支烟,犹豫了一下,又将它掐灭了。窗外,天已经快黑了。

"你刚才说我会忘了苏眉,那是不可能的。你还记得邓海云曾提到过的霍桑的那篇小说吗?"

"是《年轻的古德曼·布朗》?"

"对。"李家杰道,"古德曼自己去赶赴魔鬼的盛会,这还不是最可怕的,因为他还有一个天使般纯洁的露丝,这个世界上还有一个干净的人,这对他极其重要。我提到这篇小说,你可以理解,我去承德之前,是一种什么样的心情。事实上,当我在决定前往承德的前两个月,我已经从医生那里知道了那个晴天霹雳般的检查结果。但在公司里,这属于商业机密。连我也没有权利泄露自己病变的消息,我必须对董事会负责。这是行规。我没有通知任何人,就去公主坟的长途客车站买了一张普通客票,前往承德。那是世纪之交的前两天。车上很脏,坐在我旁边的是一个从农村来的老太太。后来我知道她的家在木兰围场,我去过那里。不知为什么,我就是对她感到很亲近。她手里捏着一只绿色的塑料网兜,里面装着两只白色的乌鸡。她说,她来北京就是为了买这两只种鸡,回去配种。老太太大部分时间在酣睡,她的脑袋就倚托在我的肩上,随着客车的颠簸,不时撞一下我的耳朵。我没有推醒她。

"看着那些神情呆板、肮脏不堪的民工,看着车窗外大片大片枯萎的褐色玉米地,闻着车厢里的那些混合着汽油和鸡屎味的空气,我心里忽然觉得很安稳。这就是我二十年前的生活,也是我一直想要的生活。一路上,我都在想着苏眉。你刚才问我当初为什么会突然放弃王曼君,去找苏眉。其实也没有什么特别的原因。那天上完体育课,我和黄光辉他们往寝室走,走到一个沙坑边,看到女生们还未下课,黄光辉约我去看她们跳远。我就是那天中午发现了苏眉。她穿着一条黑色西装短裤、白色的背心,她在跑起来的时候,马尾巴辫左右飘动,眼睛里有一种神秘的忧愁。她瘦瘦的肩胛骨和深陷的肩窝都含着忧愁。当渥伦斯基遇见安娜的时候,吉提的魅力就荡然无存了。事实上,王曼君跳完之后,还趁人不注意,悄悄来到我身边,迅速地拉了一下我的手。我觉得她的手又厚又肥,汗津津的,说不上让人多厌腻。

"我去承德,挑了这么一个时间,起先,我没有什么肮脏的欲念。我知道自己活不多久了,只想与她见个面,告个别。甚至,我想哪怕远远地瞅上她一眼,就够了。谁知道后来却发生了那样的事……"

李家杰抵达承德之后,找了一个五星级酒店住下,随后就一个人去街上溜达了半天。他并不急于见到苏眉。他觉得这样很舒服。即将到来的死亡使他有了完全不同的心境,他对一切都像孩子般好奇。他走过一个饺子馆的时候,忽然有了新鲜的食欲。他要了羊肉馅的饺子,一口气吃掉了四十个。

晚上,当腹部的剧痛弄得他睡不着觉的时候,他感到自己体内仅剩的一点力气都快耗尽了。思虑再三,他决定不再与苏眉见面,第二天早上就赶回北京。他从床上爬起来,打算给公司打个电话。只要他打个电话,集团在石家庄的办事处就会连夜派车来承德,第二天一早,他就可以离开这里。他从电话机旁的号码簿上查找公司在石家庄办事处的电话时,一下就看到苏眉任教的那所中心小学的电话号码。这是天意。他这样想。

第二天上午九点,他试探性地拨了一下这个号码,学校总机将电话接到了校长室。一位秘书告诉他,苏校长(实际上是副校长)去上课了,请他十点半再打过来。李家杰没有再打电话,而是径直去了那所小学。

最后,他在办公楼的楼道口遇见了夹着讲义上楼梯的苏眉(这似乎也是天意),第一眼,他并没有认出她来,可他的记忆迅速帮助他进行了矫正和确认。是她!没错。她的外表没有什么变化,略略胖了一些。只是头发剪短了,穿着厚重的青灰色羽绒服,眉头还是紧锁着,不时吸一下鼻子。两人一见面,彼此都吓了一跳。他们反方向走过几段台阶之后,都停了下来。李家杰看着她笑,故意不说话。他以为苏眉一定会说:"你怎么来了?"

可实际上苏眉说的是:"这家伙,你怎么来了?"

多出来的这三个字让李家杰心尖上的肉又颤了两颤。苏眉并不像他想象的那么冷漠。这使他略感宽慰。可对方也没有表示出特别的热情,在校长室,他们面对面坐在沙发上,一直聊到中午。末了,她站起身,看了看表,问李家杰愿不愿去她家吃顿便饭,李家杰立即就答应了下来。

她的家就在马路对面的小区里。二室一厅的房子,看上去虽有些破旧,但收拾得十分干净、整洁。他和苏眉上楼的时候,听到了楼道内回荡的钢琴声。她说,她的丈夫是中学音乐教师,正在教孩子学琴。

她丈夫看上去有些显老,但本分、厚道,说话的声音和握手的动作一样软绵无力。听说妻子的老同学来访,他立即就穿上外套出去买菜,临走前还将那个七八岁的女儿带走了。这个不经意的举动让李家杰大为感动。至少,人家没把他当外人。

当苏眉脱去厚厚的羽绒服,重新出现在客厅里的时候,李家杰已经将电视打开了。她的腰间多了一条白围裙,可看上去还是那么细,那么柔韧,他的心像是被针扎了一下。黑色羊毛衫,黑色的裤子,这使他留意到了圆润的臀部连接处。她把羊毛衫的袖子卷起来,问他喜欢喝什么茶,李家杰愣了一下,发现自己已经走了神。苏眉替他沏上茶,就到厨房忙碌去了。

他想起了《红楼梦》里的多姑娘,想起了曹雪芹描写她与贾琏偷欢时所用的比喻,想起了老色鬼魏挺,他在评论女人身体时所说过的那些淫秽不堪的话。尽管只是短短的一瞥,李家杰就已发现,那个当年有些生涩的李子已经成熟了。"而且熟得他妈的恰到好处,她的腿,她的腰,她的乳房,无一不向我发出召唤。"这时,一个恶毒的念头立即油然而生,根本不由他做主。这个念头在心里提醒他:做掉她!你时间已经不多了。不要再犹豫了。一定要做掉她!

可是,怎么能够保证自己顺利地"做掉她"呢?李家杰开始了痛苦而漫长的思索。这直接导致了他在饭桌上的神情恍惚,心不在焉。他在说话的时候什么也没有说;他的眼睛好像在紧盯着什么东西,但什么也没有看见;别人在跟他交谈的时候,他听不到任何声音。

苏眉的丈夫在往他碗里夹菜,他惊愕地看着对方,似乎不认识他似的,未做任何表示,脑子里想的却是:"要是我往他那微微有些谢顶的脑壳上安上一顶绿帽子,他会是什么样子呢?"他的脑子里纠集着乱七八糟的念头:一会儿觉得苏眉高处云端,凛然不可侵犯,他正在履行一个不可能完成的使命;一会儿又觉得自己早已今非昔比。这么些年一直在脂粉堆中打滚,积累了丰富的经验,区区一老实巴交的小学语文教师,又岂能是自己的对手?这么一想,苏眉就显得又可怜,又让他瞧不起。甚至,当他看到苏眉心事重重地往嘴里扒饭的样子,心里忽然生出了无限的悲悯(而他认为这种悲悯就是爱):她就是一只怯生生的小羊羔,一半的身子已入了虎口。

第二天,李家杰打电话约苏眉到酒店的咖啡馆喝茶。苏眉推托她上午要去市里开一个校长培训会议,不管李家杰怎么说,苏眉都找理由推托。李家杰将见面的时间改到下午,苏眉说她要送女儿去学奥林匹克数学。李家杰对苏眉的这种反应早有预料,更何况,他从对方的语调中多少还嗅出了一丝犹疑和慌乱,因此他并不着急。他决心立即采用第二套备用应急方案。他说:"既然你这么忙,我们就在电话里聊聊吧,我很快就要回北京了。"苏眉正是在这种状态下放松了警惕,她说:"好呀!"声音听上去还有点调皮。

他们海阔天空地聊了半个小时后,李家杰突然说:"不知怎么搞的,我的身体很不舒服,早上在酒店的大堂里晕倒了十五分钟,差一点就走了。"

苏眉问道:"你说的'走了'是什么意思?"

"死了呗。"

苏眉的声音变得急切起来:"昨天中午在我家吃饭的时候,我就觉得你的脸色很不对劲,你怎么啦?要不要我给你拿点药来?"

李家杰立即就抓住这句话的漏洞,让对方最好上午就给他送一点速效救心丸和硝酸甘油来。苏眉陷入了自相矛盾的犹豫中。在这段时间里,李家杰在电话的另一端一直在冷笑。过了半天,电话里终于传来了她的答复:"好吧。"

"搁下电话,我就飞快地去浴室洗了个澡。我预感到大事将成。我的心里回荡着《金瓶梅》中的王婆声音:事情已经有了七八分了。然后,我打电话给酒店经理,让他到我的房间来一趟。我给了他五千块钱,让他通知楼下的咖啡厅停业两小时。"

李家杰讲到这段经历的时候,颇有几分得意,似乎忘掉了肝区的病痛,忘掉了不久后即将来临的死亡,他那被激素催发、眯成一条缝的眼睛露出锃亮的目光。

"你干吗要让他们咖啡厅歇业呢?"我问道。

"在这方面,你看来的确比较迟钝……"李家杰诡秘地笑了起来。那天,我还是第一次看见他笑。

"不过,"我打断他,"假如苏眉不愿意单独与你在酒店见面,她完全可以让她丈夫或别的什么人来给你送药。"

"是有这种可能。这是一念之间的决定。"李家杰说,"但我相信她会来。"

"为什么这么肯定?"

"你还记得我与她在中心小学楼道里相遇时,她对我说的那句话吗?她说,这家伙,你怎么来了?一般情况下,只有在两个很熟且关系相对亲密的朋友之间才会说这样的话。你想想,过去,她即便在校园里偶然撞见我,都要怒目而视,可过了十多年,她突然对我说出这样的话来,这还不够反常吗?当然,她是在慌乱中说的,却不经意泄露了她内心的秘密。她内心希望让我们过去的不愉快记忆一笔勾销,希望我们能重新开始。至少,她不愿意让我觉得,我们今后的关系是过去的简单延续。这句话就传达了这样的信号。我们集团前年从北师大分来了一位搞心理学的博士,他对男女之间的语言和心理问题,有着精深的研究……"

"即使苏眉本人到宾馆来给你送药,这也不能说明任何问题。你毕竟是她的同班同学,而且'生着很重的病'。我的意思是说,这并不能证明她来到酒店,已经做好了与你上床的准备。"我再次打断他。

"不能这么简单化,对待女人,尤其不能简单化……"李家杰摇了摇头,略微思索了片刻,接着道,"这么跟你说吧,在来宾馆的路上,她心里是怎么想的,我不知道。也没有任何兴趣。但是,请注意,我足足纠缠了她三年多,她知道我是什么样的人。在她的眼中,我就是一个不折不扣的流氓。过去,她对我充满仇恨,极端鄙视,避之还唯恐不及,可现在呢?她不仅主动把这个流氓带回家吃饭,而且还愿意给他往宾馆送药。这些信息对我来说已经足够了。我据此可以得出一个简单的判断,那就是,她并非无懈可击,至少不会像过去那样刀枪不入。"

"她是不是对你有所期待?"

"你说呢?"他反问道。一丝不易为人察觉的笑容一闪而过。

李家杰将一大把药倒在手里,认真数了数,放入口中,接着说:

"这十几年来,中国社会一日千里,不要说别人,就连我都变得让自己认不出来了。苏眉毕竟不是神仙,她当然也不能例外。她走进酒店大堂的那一刻,我一眼就看出她的头发是湿的,这说明她刚洗过澡。她的身体僵直,笑容很不自然,她太紧张了。天哪!她预感到了什么,而且准备接受,但身体拒绝合作。当时,我的眼泪都快要流出来了。我甚至认真地想了想,是不是就此罢手。一只花瓶,摆在桌上,只要你不故意打碎它,它就是一只完美的花瓶。我想,算了,不要去动她了。自己辛辛苦苦搭起了一堆漂亮积木,它就像梦一样美好,何苦要亲手将它推倒呢?"

"可你还是改变了主意……"

"是这样,对于性的欲望来说,身体就是暴君。我没有办法。直到最近我才彻底摆脱了这个暴君的统治。现在我一点欲望都没有了。"

"后来呢?"我问他。

李家杰似乎很不愿意提起后来的事,他呆呆地望着屋外漆黑的街道,半晌才说:"接下来的事就有点残酷了。"

苏眉来到酒店的大堂,李家杰已经在大堂里等了她十多分钟。她换了一身黑色毛绒短大衣,背着一个劣质而廉价的坤包,还抹了香水。李家杰好多年没有闻到那么难闻的香水了,再次对她产生了莫名其妙的怜惜之情。

李家杰请她去咖啡厅喝茶。

值班经理告诉他说,咖啡厅的开水炉坏了,正在检修,请他们两个小时之后再来。

李家杰就轻描淡写地对她说:"要不,去楼上坐坐?"

苏眉没有吱声,跟着他上了电梯,两个人都没有说话。

李家杰说,他本来可以把事情办得更完满。问题是,在电梯上他就已经完全失去了耐心。刚到客房,他就像一个低俗的嫖客那样粗鲁而直截了当地提出了自己的要求,索要对方的身体,并开出了二十万的价格。在李家杰看来,考虑到苏眉的经济状况,二十万已经是一个很有吸引力的数目了。

苏眉一下就从沙发上跳了起来。她几乎是刚坐下去,就从沙发上跳起来了。她被吓蒙了,脸唰的一下一直红到了耳根。浑身哆嗦,嘴唇也开始颤抖起来,她压根儿就没想到对方会这么无耻地跟自己说话。这完全超过了她脆弱的心理的承受限度,她睁大了眼睛:"你说什么?你疯啦?"

她抓过那只坤包,站起来就往外走,可背带被椅子靠背挂了一下,她差一点跌倒。李家杰"适时"地扶住了她,并从身后将她抱住。她用尽全身力气挣扎,并用脚后跟踢他。李家杰费了不少力气才把她摁在沙发上坐下,然后笑着对她说:"五十万怎样?"

苏眉双手捂住自己的脸,将头埋在膝间。李家杰紧紧地搂着她的肩膀,将钱加到了一百万、一百五十万、两百万。最后,李家杰提出了他的最后数目:三百万。不能再多了,李家杰说,根据董事会最近的决定,这已经是他如今能够自由动用的最大数目的现金了。

最后,他放开了她:"事情就这么简单。你如果不同意,你可以随时离开。我不再拦你。"

苏眉不吱声。

"你是不是觉得有点对不起自己的丈夫?没关系,你没有必要背上额外的负担,就当我是强奸你好了。"李家杰道。

苏眉的沉默维持了二十多分钟。她用近乎耳语般的微弱声音提出了她的要求,她问李家杰能不能使用安全套。

李家杰将她抱起来,放到床上,贪婪地吮吸着她脖子里的气味,笑着回答说:"那怎么可能?"

"我知道,邓海云、尚全,或许还有你,都对苏眉念念不忘。"李家杰的声音显得十分虚弱,但却很平静,"不管怎么说,她是一个时代的象征,可这个时代已经永远结束了。从承德返回北京的路上,我脑子里的确只有一个念头:该死,我的确该死了。现在,这个世界已没有什么让我牵挂的了。"

过了一会儿,李家杰轻轻地叹了口气,接着说:"如果你现在在街上遇见苏眉,一定会认不出她的。我给她账户上打了三百万,一分也不少。最近我听说她和丈夫离了婚,嫁给了一位地税局的官员,并且从学校辞了职,自己开了一家公司。好像是经营餐饮业,据说生意不太好。噢,对了,前些时候,大概半个月前吧,她还给我打来一个电话,问我能不能给她账上打点钱救急。大概是七十万吧。作为回报,她打算来北京陪我一段。我对她说,钱我可以汇,但北京你就别来了吧。我还和她开了句玩笑,我说:'你来了我也只能看着你干着急,我的身体已经失灵了。'你知道这婊子怎么说?"

"她怎么说?"

"她先是嘿嘿地笑了两声,然后压低声音对我说:'没关系,我可以用嘴。'"

我起身向他告辞,他坚持要送我出门。我们走到门外的林荫道上,李家杰将他手上的一块金表摘下来,递给我:"如果你不忌讳死人的东西,就留下它,做个纪念吧。"

二十八天之后的一个风雨之夜，李家杰在中日友好医院病逝。他的骨灰葬在了玉泉山的南麓。他不让家人在墓碑上刻下他的名字，因为他是在厌倦中死去的，不想在这个世界上留下任何痕迹。

蒙娜丽莎的微笑

1

在我们班上,有一个名叫胡惟丏的奇人。他的年龄比我们大个四五岁,好谶纬之术,落拓不羁,一副名士派头。"丏"这个字不算冷僻,老师在点名时常将它读成"丐",从而引发哄堂大笑。因此,尽管这个人沉默寡言、独来独往,我们很早就注意到了他的存在。由于早早白了头发,班上的女生都叫他白头翁。他听说后似乎也不以为意,用《列子》中"不斑白,不知道"一类的古训来自我解嘲。博识通人邓海云为了卖弄学识,叫他怀特海(White head),实际上不过是白头翁的英文翻译,并无多少新意。

也有人叫他"蒙娜丽莎"的。开始我们都有些不明所指,可时间一长,就渐渐知道了这个绰号的奥妙所在。原来,胡惟丏不论何时,脸上总洋溢着一种既暧昧又神秘的笑容:雾非雾,花非花,似喜若嗔,似有若无。简单地说,由于嘴型的特殊,他没法不笑,即便是生气的时候也是如此。久而久之,我们的心里都有了这样一个疑问:要是胡惟丐真的笑起来,那会是什么样子呢?可惜,一直等到毕业离校,我们都难得一见。

我们刚进大学的那会儿,七七、七八级的同学尚未离校。这些年龄比我们大上一倍的大哥大嫂们,非常擅长于用傲慢和自负来打击我们脆弱的自信,他们常常主动造访我们的寝室,以长辈的口吻向我们传授他们的学习心得,不无戏谑地拨弄我们的脑袋,并亲热地称呼我们为"小赤佬"。从他们口中蹦出来的名词和术语,没有一个是我们能够明白的:什么普鲁塔克呀,什么澹台灭明呀,什么奥伏赫变呀,再有,就是什么"美是没有目的的,却是符合目的性的"等一类谁也听不懂的鬼话。到了晚上,这些名词和概念都变成了面目狰狞的鬼怪,伴着初秋的绵绵细雨让我们噩梦不断。他们大多插过队,当过知青。有人在省级文工团弹过琵琶,有人在云南思茅割过橡胶,有人在木兰围场的三北防护林种过树,有人在青海的果洛当过兽医,还有人据说是在殡仪馆当过焚尸工。他们当然不会将我们这些不谙世事的"小赤佬"放在眼里。可是他们对惟丐却另眼相看,十分敬慕,甚至多少还夹杂着一些谦卑,一度令我们大惑不解。

到了周末,高年级的同学常常会举办一些小型的学术沙龙。由于那个年代特有的政治氛围,也由于举办者的矜持和傲慢,沙龙带有隐秘的性质,并非人人都有资格参加。为了挤进这个学术圈子,我和邓海云合伙买了一条光荣牌香烟来贿赂主持人,才得以以一个端茶倒水的杂役的名分混迹其间。

可惟丐就不一样了。他通常总是在聚会进行到一半的时候突然到场,静静地在某个角落里坐一会儿,不到结束往往就会提前离去。我记得他总是斜挎着一个洗得发白的旧书包,他来的时候有人会给他让座,走的时候讨论甚至会暂时中断。不过他总是笑眯眯地来,笑眯眯地离开,几乎从不发表个人意见。即便主持人出于对他的尊重,临时打断了某位同学不得要领的长篇大论,请惟丐"发表高见",他也总是连连摆手,不置一词。

有一次,我记得他们是在讨论什么"双向同构"一类的问题,主持人恳请再三,与会者热烈鼓掌,惟丐这才红着脸站起身来,说了一通"胡话"。说来也奇怪,惟丐说出的每个字、每个句子,我都能听得懂,似乎无甚高明之处,可是把这些字词、这些句子连成一大段话,我立刻就不懂了,把脑子想穿了,也不知道他说的是什么意思。他在说话时,眼睛看着天花板,不时陷入停顿,有时声音低得让人听不见,大部分时间都在自言自语。好不容易等他说完,大家面面相觑,会场里鸦雀无声,似乎大多数人都没听懂。主持人当然是听懂了的,为了便于大家对惟丐提出的问题展开讨论,他用自己富有逻辑性的语言把惟丐刚才的发言又复述了一遍。

他还没说完,惟丐就情绪激动地站了起来,突兀地打断了他的话:"话是这么说,可我不是这个意思。"

这么一来,主持人立刻面红耳赤,有些下不来台了。但他毕竟见多识广,善于变通,立刻又改了口,将刚才的那一番话又反过来说了一遍,希望以此来取悦对方。

不料,胡惟丐再次站起身来,急道:"是这个意思,可话却不能那么说。"

话音刚落,大家全都笑了,主持人也只得讪讪地笑了笑,宣布散会。从这件事情上,也能够看出胡惟丐对人情世故全然不通的一面。从那以后,沙龙的时间、地点都改了,我们再也没有在周末的讨论会上见到过他。

惟丐虽是上海人,据说他的家学源于绩溪胡氏,而母系一族则是赫赫有名的钱塘杭氏。其学问来历斑斑可考。惟丐幼受庭训,于章、黄之学多有所窥,英文、德文皆有根底,加之博闻强记、过目成诵的天资,他在我们年级显得卓尔不群,就不难理解了。曾有好事者登门拜访他,问他的祖上与同出绩溪的胡适有什么瓜葛,惟丐也是微微颔首,未置可否。

做学问追及祖先出身,多少有点挟古人以自重的意思,为有学之士所不取。可当时在我们系里,确已蔚然成了风气。海云自称是漳州邓氏,曹尚全自称是泉州曹氏,而黄光辉自然就是莆田黄氏了——三人合称,则是"闽中三杰"。至于什么上虞罗氏、扬州汪氏、湖州窦氏更是不一而足,难以记述。我那时少不更事,自忖出身寒微,本想攀附一下"丹徒刘氏",后来一查家谱,才知道自己的祖上与写《老残游记》的刘铁云八竿子也打不着,只得悻悻作罢。

惟丐开始还和我们一起上课,后来有些课他就不来了,最后就只剩下一门《训诂学》,可自从主讲这门课的唐教授不小心把"稼穑"读成"稼墙"之后,这门课他也不来了。老师们也不以为忤。不管他缺多少课,到了期末,只要他肯来参加考试,成绩一律全优。他几乎是十分自然地包揽了各类奖学金有限的名额。另外他每月还从《古文字诂林》编辑部领取九元的编辑补贴(在那个时代,九元钱几乎就是我们全部生活费的一半了)。那个年代还没什么人读研究生,不过据说汉语史专业的董教授和解教授为了争着让惟丐给自己当助手,最后闹得反目成仇,形同路人。此事听上去有些夸张,毕竟不知真假。

七七、七八级的同学离校后,我们发现校园里突然空寂了许多。我们的心里也是空落落的。七九、八〇级的学长们终于熬出了头,可他们对于讲座、报告会、学术沙龙一类的事没有什么特别的兴趣,倒是比较热衷于"黑灯舞会"(他们称之为"钓鱼")之类的见不得人的勾当。我们班除了几个自甘堕落的女生之外,大都不屑于和他们往来。学习上有了疑难,我们就去找惟丐。他照例是来者不拒、有教无类,一时就有"小导师"之称。可惜好景不长,从第二个学年的下半学期开始,惟丐就不怎么在学校住了。有时一连几个月都见不到他的人影。久而久之,我们只有在学校图书馆的借记卡上发现他的名字时,才会猛然想起班上还有这么一个人。

我们寝室的魏挺据说会看相。据他说,惟丐看上去不像是尘世中人,不过是一个 ghost,某个并不存在的事物所留下的一道魅影而已。他就像一片云,远远地飘过来,但还没下雨就飘走了。或者说,他是一滴朝露,只在黑暗中存活,一缕阳光就可以让他化迹于无形。用老魏的话来说,"这个人迟早会出事的"。我们都认为这是老魏出于对惟丏的妒忌而发出的恶毒的诅咒,并没有留意他的话中所可能暗含的真知灼见。

他的家住在静安寺附近一幢名为"漱石公寓"的花园洋房里。整栋洋房据说都是他们家的私产,五十年代被政府没收,"文革"后落实政策,只还给他们二楼的一个舞厅和一个化妆间。有人说,他们家那房子,袁克文曾住过三个月;也有人说,白崇禧在指挥上海战役时,曾在花园里亲手枪毙了一位临阵脱逃的少将副师长,因此那房子时常有闹鬼的传闻。

邓海云曾陪班长王燕去找惟丏算过命。至于她为何要专门去找人算命,胡惟丏又跟她说了什么,是否灵验,我们都不得而知。海云回来后也守口如瓶,只是提及惟丏用来打卦的那三枚"康熙通宝"是如何的锃光瓦亮。他说惟丏举止有点乖张,最近和几个搞奇门遁甲的异人过从甚密。什么是"异人",我们所知甚少,对奇门遁甲的了解也仅限于《聊斋志异》中那个可怜道士的不成功法术。不过,他对于惟丏住处的描述则让我们大开眼界。他提到花园里的裸体天使雕像,提到一台老式唱机、一个锯短了腿的小木桌、停摆的挂钟、一名看上去多少有点阴鸷的仆人……

我曾写过一篇小说,苦于没有人指导,就通过《古文字诂林》编辑部的一位老师转给了惟丏。过了差不多三个月,稿件再次通过那位老师回到了我的手中。几乎所有的错别字他都

替我改正了,可对于这篇习作的评价只有短短的四个字:

过犹不及。

这是我第一次和惟丐打交道。收到稿件后,我给惟丐去过一封信。对他的指导表示感谢,也请他坦率地对我的作品谈一点具体而详尽的看法。很快我就收到了他的回信。他的冷漠和自负让人吃惊,因为,除了陈腐的客套之外,他对作品的具体意见仅仅多了几个字而已:

不及者,未及也。
然过犹不及。

不久之后,惟丐回学校参加身份普查,我在文史楼的厕所里见过他一面。他不认识我,当然不会主动跟我打招呼。我犹豫再三,也想不出如何与他搭话。很快,他就抖了抖裤子,转身走了。

2

我们寝室有一个名叫宋建军的河南人。他在全年级年龄最小,个子也最小,为人既迂执又可爱,大家都叫他"憨憨"。

此人对胡惟丐的崇拜已经发展到了对后者亦步亦趋的刻意模仿。除了自己头发不能变白之外,他无时无刻不在复制着惟丐的一举一动。人家逃课,他也逃课。人家逃课是为了有更多的时间去图书馆用功,而憨憨逃课,只能一个人成天在校园里瞎晃悠。每天晚上,大家晚自习回到寝室,憨憨总要向我们神秘兮兮地报告他一天的见闻:

"猜猜看,今天我碰见了谁?"

我们都知道他一成不变的答案,大多与惟丐有关。谁都懒得搭理他。憨憨倒也不笨,后来他就摒弃了这种吃力不讨好的疑问句式,而将它改为强制性的陈述句:

"我今天又碰见蒙娜丽莎了。"

或者:

"我在图书馆遇见惟丐了。他在还一本书,是斯宾诺莎的《伦理学》。"

要么:

"惟丐和一个和尚坐在夏雨岛的凉亭里说话。他为啥与和尚交往呢?"

我们照例不理他。他也总是讪讪地笑,似乎对这样的待遇早已习以为常了。有一天晚上,我们差不多都已经睡着了,憨憨在床上长叹了一声,道:

"我今天去十二百货买席子,看见蒙娜丽莎从楼上下来,他不仅主动和我说话,还请我吃了,吃了……"

"冰激凌,对不对?"

"不是的,"宋建军似乎来了劲,"再猜。"

"猜你娘个大头鬼!憨憨,你再不闭嘴,我就把你从窗口扔出去!"有人骂道。

这时,我们看见火光一闪,老魏点着了一支烟,对睡在上铺的建军道:"你刚才说,在哪儿碰见蒙娜丽莎来着?"

"十二百货呀。"憨憨道。

"这就怪了。"老魏讶异道。

一听老魏话中有话,立刻有几个人把脑袋从帐子里伸了出来,问他有什么可奇怪的。

老魏静静地吸着烟,半天才道:"真是见鬼了。我每次碰见胡惟丐,也都是在十二百货的门口。而且全都是星期六。这是怎么闹的?"

原来,每周六下午老魏都要去十二百货西侧的梅龙新村,给街道办事处组织的书画班上课。当他讲完课回来经过十二百货的时候,常常都会碰见胡惟丐。上一周他刚从梅龙新村出来,就下起了大雨,他和惟丐在十二百货门前的花坛边迎面相遇。那天雨下得很大,胡惟丐面色苍白,头发被雨水淋得一绺一绺的,耷拉在脑门上。在风雨交加之中,惟丐走起路来仍然显得不慌不忙。其实他本可以找个地方避一避,等雨停了再走。老魏有心将自己的雨伞借给他,可一连叫了他好几声,对方却没有任何反应。也许他根本就没听见。

这件事的确有点儿蹊跷。惟丐的家远在静安寺,他为何总是在周六下午出现在十二百货商店的门口呢?寝室里的几个人全都没有了睡意,随后就七嘴八舌地议论开了。最后倒是老魏没了兴致,他把烟头在墙上按灭,打了个哈欠,道:"睡吧,也许仅仅是巧合。再说了,也许人家有什么特别的事吧。我们却犯不着去胡乱瞎猜。"老魏的话往往就是命令,经他这一说,大家就全都睡了。

这种事毕竟是耳食之谈,除了宋建军之外谁都不会把它当回事,一觉醒来它早已被忘得一干二净。如果不是两个月之后发生的一件事使它再度沉渣泛起,谁都不会想到胡惟丏如此频繁地造访十二百货,还真的有一段不为人知的隐秘。

我们班的桂冠诗人曹尚全在《诗刊》上发表了两首献给维罗妮卡的三十四行诗。消息一经传出,立刻轰动了整个校园。系主任亲自出面为他举行了一个小型的诗歌研讨会以表示庆祝,学校的夏雨诗社也邀请他做公开演讲,并安排了十几场专场朗诵会。我们班的每个人都可以把这两首诗倒背如流了,可还是不知道维罗妮卡到底是谁。有一种意见比较倾向于认为是他的表妹。突如其来的荣誉让曹尚全的虚荣心极度膨胀,尽管他已有十多门功课不及格,还是不免得陇望蜀,对学期末的奖学金评选想入非非。而让自己获奖的捷径之一,按照老魏老谋深算的推断,就是要扫除掉胡惟丏这块绊脚石,而把蒙娜丽莎彻底搞臭的最好的办法就是贴他的大字报。曹尚全犹豫再三,没有采取这种极端的办法。他给学校的党委书记写了一封匿名信。

这封匿名信指控胡惟丏一贯孤芳自赏,资产阶级自由化倾向严重。他和社会上一些不三不四的人过从甚密,说不定正在暗中串联,组建反动会道门。他还时常去十二百货商店的文具柜台,频繁地骚扰一位如花似玉、娇艳欲滴的女售货员,害得对方一度精神失常……

这封信几经转手,很快就落到了辅导员郦学义的手中。郦学义本来就是做古文字研究出身,对惟丏十分敬重,加上他对匿名信一类的勾当极为反感,本想置之不理,又碍于领导的层层批示,怎么也要敷衍一下。他找来班长王燕,将匿名信交她看过,吩咐她找个时间去十二百货商店侧面了解一下情况。王燕自然不敢怠慢。她约上老搭档、学习委员邓海云,当天下午就风风火火地赶往十二百货调查情况去了。

用邓海云的话来说,那位女售货员的容貌,望之令人心醉:"芙蓉如面,秋水为神。目如寒潭,齿若编贝。体格风骚,赋性温柔。比花花解语,比玉玉生香。回眸一笑百媚生,六宫粉黛无颜色。兼有钗黛之美,实为可卿再世……"

海云一激动,就把他能想到的形容词都用上了,害得我们班的那帮男生一个个直咽口水,恨不得连夜赶过去看个究竟。

第二天一早,我们上邸亚平教授的《红楼梦研究》课。可容纳一百五十人的大教室里只稀稀拉拉地来了二十几个人。邸教授满脸不高兴。她接下来的一段话表明,该教授虽然深居简出,对于校园里的各类新闻倒也消息灵通:

"怎么搞的?才来了这么几个人!人都到哪儿去了?难道全都到十二百货看秦可卿去了吗?"

那位被称作"秦可卿"的售货员名叫叶晓梅,老家在江苏的宿迁。她是顶父亲的职,被安排来上海工作的。她的文具摊位在二楼,紧挨着一个修钟表、配钥匙的小铺子。那段时间,二楼的大部分店面正在装修,粉尘扑面,油漆味刺鼻,光顾的人并不多。晓梅回忆说,一天下午,她正在打毛线衣,看见一个穿中山装的人在她的柜台前直愣愣地看着她笑(王燕向晓梅反复解释说:他不是冲着你笑,而是长相如此。他平时挺严肃的,从来不笑)。这个人一头白发,可年纪看上去并不大。他的眉头皱得紧紧的,可脸上居然还带着傻傻的笑容。她心里有些怀疑他的神经不太正常,就多看了他两眼。他问晓梅有没有印泥,晓梅说没有,他就转身走了。走到楼梯口的时候,不知为什么,他又回过头来朝她瞥了一眼。没想到晓梅也在看他,他似乎吓了一跳,差一点崴了脚。

这是她和胡惟丐的第一次见面。

差不多一个星期之后,晓梅再次见到了他。那天下午二楼的装修队歇了工,修钟表的老头也趴在桌子上酣睡,大厅里有一种懒洋洋的岑寂。她一眼就认出了他。惟丐低着头来到她的柜台前,买了一只卷笔刀之后,没有马上离开,而是试图与她搭话。他唐突地问她是不是上海人,一下就刺中了她心中苏北人身份的隐痛。她板起脸来,瞪了他一眼。惟丐脸一红,灰溜溜地走了。

从那以后,他几乎每个星期都会来,时间却固定在星期六,差不多下午三四点钟。有时,他从她那儿买上一些铅笔、橡皮;有时则是塑料封皮的工作日记簿、牛皮信封、墨水什么的。

一个顾客,每周一次,在固定时间到她的柜台来购买文具,这多少有点奇怪。要了解其中的缘由,显然是超出了她的智力范围。这就像是一个深奥难解的谜语,引诱她去猜它的谜底。时间一长,自己反而被绕了进去。

有一次,惟丐在她那儿买了一把旅行小剪刀,转身刚要走,晓梅把他叫住了。她没话找话地问他,买这么多的文具有什么用。惟丐的回答略带嘲讽:"这让我怎么说呢?不同的文具,自有不同的用处。"

"比如说,这把小剪刀……"晓梅不依不饶。

"噢,我用它来剪鼻毛。"

这次该轮到晓梅脸红了。她记得那天下着小雪。大厅里光线黯淡。修钟表的老师傅回家过年去了。隔着柜台,两个人又说了会儿别的话。临走时,惟丐问晓梅,可不可以认识她。她愣了一下,怯生生地望着他。晓梅是个乡下姑娘,有些不太明白他的意思。可她不经意的回答却像真正的上海人一样老到和时髦:

"嗨,我们不是已经认识了吗?"

每到星期六下午,他都会来找她聊天。有时星期三也来。晓梅还专门给他准备了一个小马扎。她知道他是大学生,态度自然就不一样了。在那个年代,大学生多少还受人敬重,对于晓梅这样一个来自小镇的姑娘,也许还觉得有点神秘。她问他能不能借给她一些书看。惟丐随手就从帆布书包里抽出一本尼采的《扎拉图斯特拉如是说》,递给了她。她花了整整一个月来钻研这本书,其后果是她早年治愈的头痛病又犯了……

事后,王燕将她的调查结果向辅导员做了详细汇报。辅导员听了也没多说什么,只是嘿嘿地笑。王燕也提出了她的调查结论:种种迹象表明,他们是在谈恋爱,而且非常纯洁,根本谈不上什么骚扰。辅导员引用了两句古诗,高屋建瓴地为这件事作了最后的定性:

一洼死水全无浪
也有春风摆动时

3

后来,叶晓梅与王燕结成了深厚的姐妹情谊。她在上海单身一人,举目无亲,就认王燕做了姐姐。她常常来学校找王燕玩。有时候,时间晚了,王燕就让她留在自己的寝室,抵足而眠。她们几乎无话不谈。令王燕感到奇怪的是,她们之间的话题总会有意无意地回到胡惟丐身上,可当王燕旁敲侧击地问起他们最近的进展,晓梅的口风也很紧,总是托腮含笑不语。

到了周末,王燕也会带她去参加河东食堂的舞会。可是有一天,有一个"谢了顶、长得很老相"的同学邀请她跳舞。她犹豫了半天,最后不好意思地答应了。那秃驴将她带到灯光昏暗的角落,悄悄地往她手里塞了一团什么东西,嘴里还不断道:小意思,一点小意思……晓梅当时不好意思看,就揣在了裤兜里。她心慌意乱地找到王燕,拉着她就往外跑。到了路灯底下,晓梅将那东西掏出来一看,原来是一沓人民币,整整二百元。从那以后,晓梅再也不敢去跳舞了。

匿名信事件之后,惟丐开始频繁地在校园里出没。他从头到脚都像是换了一个人。他的头发剪短了,而且染得乌黑,不经意中还真能把人吓一跳。他换上了一套粗毛呢的花格子西装,皮鞋擦得锃亮。与人打交道,也没什么架子,甚至还主动帮寝室里的同学修改学年论文,介绍发表的刊物。他还破例参加了学校一年一度的春季运动会。他报的项目是链球,居然还得了个第四。王燕用晓梅在舞会上得来的那二百元钱,组织了一次去淀山湖的郊游,惟丐不仅欣然参加,并且在大家的怂恿下高歌一曲。不过,他唱得实在不怎么样,我们班的女生笑得差点昏死过去。

看到惟丐的可喜变化,对他的精神状况一直忧心忡忡的辅导员,终于长长地松了一口气。老魏也一针见血地指出:蒙娜丽莎近来颇有得色,说明他和十二百货的那个漂亮的小娘们正打得火热。我们都认为他说得很对。因为不久之后,我们寝室的宋建军又开始不断地向我们报告"惟丐他们"的行踪了。大家都知道他所说的他们的"们"字指的是谁。为了表明自己不是在跟踪盯梢,憨憨不得不在自己的叙事中用"恰好碰到""偶遇""巧遇"一类词汇来加以修饰。

有一天晚上,他从图书馆出来,"恰巧看见"胡惟丐和叶晓梅在校医院附近散步。很快,两人朝四周望了望,鬼鬼祟祟地钻进了一片杂草丛生的小树林。当他经过校医院时,朝那片小树林"投去了漫不经心的一瞥",忽然听见那女的哼哼唧唧地说……

"说什么呀?"大家听到这儿,都觉得有戏,呼啦一下,全都围过来了。

宋建军这小子平常傻里傻气的,可到了节骨眼上一点都不糊涂。他见大伙来了兴致,眼睛里冒出精光来,便故意吞吞吐吐、拿腔拿调地摇了摇头,叹道:"唉,这事儿,不说也罢……"

大家又少不得去央求他。最后,憨憨提出了他的要求:"你们请我吃夜宵。"

大伙只得掏出饭菜票,七拼八凑,派人飞奔去了食堂,买回来一堆肉包子。憨憨吃完了包子,抹了抹小油嘴,这才压低了声音道:"我听见那女的说:我爱你白个头发黑个肉。"

"惟丐怎么回答?"

"那还用问?自然是,我爱你黑个头发白个肉了。"建军一脸坏笑地站起来,上床睡觉去了。

这多半是出于宋建军的杜撰。这段话是对众所周知的钱牧斋和柳如是艳闻的拙劣仿制,当然不足为信。相比之下,从王燕那边传来的消息则要准确得多。

王燕曾对"闽中三杰"之一的黄光辉提及,惟丐似乎在男女之事方面不太开窍。"你们男生最好找个人去点拨他一下。这么下去,我看着都有点悬。"

黄光辉知道王燕正和地理系的一个青年教师打得火热,笑道:"点拨个鬼呀,我们自己都在水深火热中受着煎熬。看得见,摸不着,心如刀绞。拿什么去点拨他?除非您老人家亲自出马。"

一席话说得王燕杏眼圆睁,一扬手,把杯中喝剩的水泼了他一脸。

据王燕说,惟丐虽然频频和晓梅约会,可光打雷不下雨,说来说去不是什么波罗蜜,就是什么维特根,说得全不着调。说来也奇怪,约会的地点也是一成不变,基本上是围着学校附近的一座空军雷达站转圈子。最后,连雷达站的哨兵都开始怀疑他俩的身份,居然要查看他俩的学生证。有一天,他们在雷达站外的一块稻田边上坐了一个晚上,惟丐一直在说一个名叫李叔同的人。相识这么长时间,他们连手都没有拉过,晓梅渐渐就失去了耐心。

有一次,王燕带她去河西浴室洗澡,在路上,她突然拉住王燕道:"王姐,你说惟丐这个人,他的脑子会不会有什么毛病呢?"

王燕一听,就知道他们的进展不太顺利,晓梅似乎已萌生退意,便假装把脸一板,严肃地批评晓梅道:"你瞎扯什么呀,惟丏可是咱们系的大才子！有的老师说，像他这样的人才两百年才能出一个。系里已经内定他留校了，前些日子复旦那边还来了一个副校长，专门请他毕业后去那边教书呢。这样的人脑子怎么会有毛病？"

"那他一定是瞧不起我。他说的话有时我连一句都听不懂，这不是成心气我吗？成天虎着个脸，就像别人欠了他三百吊似的。我是乡下来的没错，难道说他脑袋顶上的一头白发都是拌了糖的？"

晓梅越说越委屈，最后索性蹲在地上哭了起来。

"怎么会呢？"王燕也只得蹲下来劝她，"有才华的人都是这个样子。你好歹还和他散过步，他要是在路上遇见我们，眼睛望着天，连话都不会和我们说一句。既然他把你当作神仙一样供着，你呢，就得主动点儿。"

到了五一节前夕，晓梅下了班就兴冲冲地跑到了学校，一见到王燕就喜滋滋地向她报告："惟丏约我五一去他家，还要请我在红房子吃饭。我们还要去普陀山进香。"

这天晚上，晓梅和王燕在学校空旷的体育场上一直聊到深夜，王燕少不得向她传授一些笼络男人的诀窍。两个人畅谈未来，就连结婚后是否比邻而居这一类的细节都经过反复商讨。

"五一"那一天，他们在红房子西餐厅吃饭。惟丏脸上的表情和以往没有任何不同，既不热情，也说不上冷漠。他耐心地教晓梅如何使用刀叉，告诉她西餐的必要礼仪。除此之外，就没有多余的话了。那天的牛排又老又硬,晓梅咬了一口就搁下了。饭后,惟丐只给自己要了一杯咖啡,晓梅问他:"你为什么不给我要一杯?"惟丐道:"这东西挺苦的,你能喝得惯吗?"他随后也给晓梅要了一杯。为了显示自己完全懂得咖啡的醇美,晓梅闭上眼睛,一口就将它喝光了,烫得舌头上都起了一个泡。

他们俩从西餐厅出来,外面忽然下起了雨。晓梅是带了伞的,可她故意没有拿出来。于是,他们只好共用惟丐的那把伞。惟丐用伞罩着晓梅,自己的身体却被雨水打得透湿。一路上,晓梅不断地偷偷拽他的衣角,可惟丐却丝毫不为所动。那时的静安寺一带灯光昏暗,街道幽深,他们俩在阴湿而又狭窄的弄堂里七拐八拐,最后,走进了一扇石砌大门,由一条旋转木梯上到二楼。

房间里漆黑一片,散发出一阵浓烈的霉湿味。好在窗帘没有拉上,微微透出些屋外昏暗的光亮。惟丐将她领到沙发上坐下。她问惟丐为什么不开灯,惟丐说,他家的电灯两年前就坏了,一直没有请人来修。反正他已经习惯了用蜡烛来照明。在黑暗中,她听见惟丐在划火柴,大概是蜡烛芯受了潮,怎么也点不着。惟丐问她介不介意在黑暗中坐一会儿,可还没等晓梅答话,他又接着道,他平常若不看书,很少点灯。只有在黑暗中,人的灵魂才会安逸。

晓梅怎么也没想到,在喧闹繁华的闹市区,竟然还有这么一个静谧的地方。她的耳膜随之变得十分敏感,似乎有无数的人在她耳边说话。房间宽且高,好像大得没有边际。由于光线太暗,她几乎什么也看不见。雨倒是越下越大了。马路上偶有车过,溅起哗哗的水声。车灯的光柱掠过花园,照亮了窗外宽大的露台和香樟树。

等到她的心稍稍平静下来,就听见楼上有人在弹钢琴。那琴声很微弱,却颇有些幽怨,曲调也是似曾相识的。有一阵子,琴声被飒飒的雨声完全遮住了。这时,惟丐已经从里屋给她端来了一杯茶。看着他在黑咕隆咚的房间里往来穿梭,毫无妨碍,晓梅不觉暗暗称奇。

在晓梅的反复坚持下,惟丐才不知从哪儿弄来了一盏美孚油灯。大概是玻璃灯罩上有了太多的裂纹,上面贴满了橡皮膏。她看见沙发后边矗立着一个蒙着红绸布的什么东西,看上去就像身后站着一位羞涩的新娘。她用手摸了摸,丝绸凉凉的,滑滑的。

惟丐告诉她,那是一面落地的大穿衣镜。前几天,家里来了一个懂奇门遁甲的朋友,说这房子里有一股阴森之气,而镜子当然会使阴气加重,让他用一块红绸布遮住避邪。

晓梅不由得一愣,嘲讽道:"你还真的信他的话呀?"

"那当然,世上没有什么东西是无缘无故的。"惟丐一本正经地道。

"那我能不能掀开绸布看看?"晓梅伸手就要将绸布揭开。

惟丐脸上的表情陡然就有几分阴郁,急道:"你最好不要动它。"

晓梅吓得吐了吐舌头,只好把手缩了回来。她不安地想到,自己若是嫁给他,每天住在这么一个房子里,倒也有点吓人。

随后她又听见了楼上传来的钢琴声。惟丏说,六楼住着一个因小儿麻痹症而瘫痪的孩子。她每天晚上都会在楼上弹琴,直到午夜两点。奇怪的是,她每次都弹同一个曲子,到现在,这琴声已经持续了十二年。楼中的住户不堪其扰,多次提出抗议,甚至还报告了派出所。可派出所对一个残疾的孩子有什么办法呢?他记得以前曾见过她一次。那时她才六七岁,还能拄着双拐走路,后来就不怎么下楼了。

"她现在大概也有你这么大了吧,可我一直记住的是她幼时的样子。她虽然在弹同一首曲子,可只要仔细听,每次都大不一样。有时候,我觉得她是在为我一个人弹的,她也知道我在听……"

听他唠叨着那些不相干的事,晓梅心中怏怏不乐。她知道惟丏已经沉浸到他自己的世界中去了,而这个世界,她现在还无从触碰。

惟丏靠在沙发上,说话的声音越来越微弱。渐渐地,就变成了临睡前的喃喃自语。他大概是太累了,不一会就进入了梦乡。窗户玻璃上雨泻如注,看上去就像一张泪眼模糊的脸。很快,楼上的钢琴声也停了,四周一片寂静。

晓梅一个人坐在灯下,百无聊赖地翻看茶几上搁着的一摞书籍,可那些书都是繁体字的竖排本,没有一册是她能看懂的。她看见地上杂乱地放着一堆唱片,就帮他稍稍理了理。最后,当她转过身来,看见沙发后面的那面蒙着红绸布的穿衣镜时,她的好奇心又来了。她回头看了惟丏一眼:他张着嘴,鼾声如雷,脸上似笑非笑。她不由得心中暗想:我若是偷偷地揭开那块红绸布看一眼,大概也没什么要紧……

那不过是一面普通的镜子,与她小时候在外婆家见过的也没有多大不同,只是木制镶边和镜架的雕工更为细致一点而已。

她看见镜子中的自己头发蓬乱,目光骇异,心中不由得暗暗奇怪:怎么这个人看上去一点也不像我?她为什么会那样害怕?她拔下发卡,衔在嘴里,从提包里取出一把梳子,准备梳头。为了给自己壮胆,她咧开嘴笑了一下,这一笑,她的嘴唇黏在牙床上,怎么也下不来了。因为她看见镜子中还有另一张脸。这是一张老人布满褐斑的脸。她的心猛地一抖,就像一脚踩空似的……

顺着镜子反射的方向,晓梅慢慢地转过身来。通向里屋的门开着,一个身穿屎黄色军装的老人,正扶着门框,朝她微笑。

接下来晓梅所能做的,就是双手蒙着脸,尽其所能发出持续的尖叫。她在自己的尖叫声中逃离了这个房间,跌跌滚滚地冲下楼梯,发了疯似的在雨中狂奔。当她终于跑到弄堂的尽头,听见惟丏在她身后大叫:

"不要怕,不要紧的,他是我舅舅……"

"去他娘的舅舅!让他的舅舅见鬼去吧!"这天凌晨,晓梅一身泥水来到王燕的寝室,依然惊魂未定。本来她和惟丏约好了第二天要去普陀山进香的,可她当着王燕的面将船票撕得粉碎。

一个星期后,晓梅将惟丏借给她的那些书,放在尼龙网兜中,一股脑儿地提了过来,让王燕代为转交。事情到了这个地步,王燕知道已经无可挽回了。后来,她一提起这件事,总是叹惋不已:"惟丏也真是的,他和舅舅住在一起,也不提前告诉晓梅一声。你说,这大半夜的,屋里突然冒出一个人来,吓人不吓人?"

经人介绍,晓梅很快就找到了一位新男友。他是一位丧偶的刑警。这个经验老到的中年人在与晓梅的第一次约会中,就让她怀了孕。我记得毕业典礼之后,全班同学来到文史楼前拍集体照,晓梅来看王燕,她的孩子已经在草坪上满地乱爬了。

4

转眼间就到了毕业分配的前夕。当我们在校园里再次看到胡惟丏的时候,他已经蓄起了胡子,奇怪的是,他的胡子却是黑色的。他比以往更瘦了,脸色憔悴,目光惊恐。脸上那一成不变的笑容似乎也变得更为灰暗。听邓海云说,有一次他在接待一位来自英国伦敦的学者时,大概说了什么不该说的话,第二天就被市局的便衣捉去训话,他的精神似乎受到很大刺激。从那以后,他的举止变得更为颓唐,后来一度传出他要绝食的消息。当时,择业的焦虑使我们无暇他顾,事情到底如何,毕竟已经没有什么人去关心了。

五月初的一天,我从图书馆还完书出来,刚走到丽娃河的彩虹桥上,一辆自行车疾驰而来,"吱"的一声停在了我的面前。我抬头一看,发现惟丏正笑眯眯地看着我。我知道他不是真笑,便认真地问他有什么事。他说起我不久前发表在学报上的一篇有关尼采的论文,并表示他完全不能同意我的观点。我们站在桥头讨论了两个多小时,天就渐渐地暗了。

惟丏看了看表,对我道:"我得赶紧走了。我的被子还晒在宿舍楼下,一会儿要下大雨了。"

我看了看天,心中暗笑:天上晚霞绚烂,清风徐至,哪来的什么雨?

"我请你吃饭怎么样?"他不断地抚弄着书包带子,"我们可以好好聊聊。"

"什么时候?"

他想了一下,像背书似的对我道:"两个星期之后的星期五。这个星期不算,再过两个星期,第三个星期的星期五。下午四点,你到静安寺来,记住了吗?"

我完全被他弄糊涂了,只得含混地答应了一声。他就骑着自行车晃晃荡荡地走了。

不一会儿,天空突然乌云翻滚,梧桐狂摆,树叶乱飞。我刚刚来得及跑回第一宿舍的屋檐下,大雨追赶而至,在校园里腾起了一股白烟。

惟丐的严正守时是出了名的,不过,这样的约定对我这样一个懒散惯了的人来说,也过于夸张了。由于担心错过两个星期后的那个约会,我不仅每天在日记中提醒自己,甚至在手边的每一本书里都夹了备忘的纸条。我还嘱咐宋建军和向国忠帮我记着这件事,到时候别忘了提醒我(事实证明,他们无一例外把它忘得干干净净)。即便如此,这两个星期我每天都是在难挨的失眠中度过的。

要想计算出两个礼拜后的星期五是五月二十一号,这还并不难,问题是惟丐并没有告诉我他家的地址。随着约定见面日期的临近,经人指点,我只得去楼上向邓海云打听。

邓海云独自一人坐在棋盘边,一边抠着脚丫子,一边打谱。我说明了来意,他连看都不看我一眼,就冷冰冰地长嘘了一口气,道:

"不清楚。"

"你不是去过他家吗?"

"是去过,不过早忘了。"

说完他就站起身来,从墙角抓过两只水壶去食堂打开水去了。

他们寝室的人告诉我,海云与惟丐不久前已经绝了交,平时最不愿意别人提起惟丐这个人。事情的起因据说是源于不久前的毕业动员大会。邓海云是刚入党的新党员,辅导员让他代表全系毕业生在大会上做一个发言。邓海云用了差不多一个月的时间准备了发言稿,题目是《从存在主义者到马克思主义者》,披露了他是如何从一名绝望而虚无的存在主义信徒成长为坚定的马克思主义者的心路历程。这篇报告全文分三次发表于校刊上。

不久以后,他就收到了惟丏给他寄来的绝交信。信中到底写了什么,众说纷纭。但邓海云精神上无疑受到了极大的打击。据知道内情的同学介绍说,这封信的措辞出人意料的严厉。大致的意思是说,邓海云这样无法连续思考六十秒以上的人,既不懂存在主义,也不懂什么马克思主义……

后来,老魏提醒我说,想要惟丏的地址倒也不难,不妨去找一下系办公室的孔梨初老师。他那儿有所有学生的学籍档案。老孔是一位仁厚长者,他的身上还残留着旧社会过来的办事员所特有的谦卑和严谨。他不仅工工整整地从学籍卡上替我抄录了惟丏家的详细住址,还顺手替我画了一幅交通图,并标明了所有换乘公共汽车的班次和地点。

到了五月二十一号这一天,我比预定时间提前了三个小时挤上六十七路公共汽车,向静安寺进发。即便有了老孔的那张地图,当我找到那个名叫"漱石公寓"的花园洋房时,还是迟到了十五分钟。无数狭窄阴湿的小弄堂盘根错节,让人头晕目眩。每一条小路都极为相似,我有好几次发现自己绕了一个大圈,又回到了原点。当我沿着吱吱作响的楼梯上到二楼,忽然看见一个穿着旧军装的老头正在楼梯口阴沉沉地看着我。和晓梅的描述一样,老头军装的颜色是屎黄色的,我似乎只在抗美援朝的电影中见到过。他详细盘问了我的姓名和来意之后,忽然咧开嘴笑了一下,轻轻地推了一下旁边的一扇门,道:

"那么,请进。"

我注意到楼梯的窗户上镶嵌着彩色玻璃,就像教堂的彩绘一样。房间里光线昏暗,乱七八糟地堆满了书。老头让我在沙发上坐下,就到里屋倒茶去了。沙发宽大松软,茶几却很狭小。仔细一看,原来是一张小课桌。那是一张小学生用来上课的课桌,只是腿被锯短了一些。我一进门就发现天花板上垂下的一个电灯头,结满了蛛网,没有灯泡。墙上的一面挂钟早已停摆,指针指向了八点一刻。

我坐在沙发边,看着小课桌上烧剩的半截蜡烛,感到头皮发麻,很不自在。老头给我端来了一杯茶,茶杯的内壁积满了污垢,可以看出杯子很久没有洗过了,只是杯壁上古旧的人物肖像依稀可辨,一看就是百十年以上历史的旧物。

我问他惟丐怎么不在家,老头笑了一下,徐徐道:"今天一早,忽然说有急事,走了。"

"去了什么地方?"

"不知道。"老头冷冷地道,"也许是去九华山了吧。"

"可是,是他约我来这与他见面的……"我惊愕地问道。

"没错,你不用着急。"老头递给我一个大牛皮纸信封,"你看看这个,他临走前让我把这个交给你。"

信封没有封口,我随即打开它。除了一封信之外,里面还有一幅国画。这封信是写在宣纸上的,用的当然是毛笔,可写的却是英文。翻成汉语的大致意思是:

> 抱歉!我目前的心情不适合与任何人见面。
> 事情来得太突然,来不及与你告别。
> 为了弥补我失约的愧疚,特备小礼物一件,以作
> 永久纪念。

"永久"二字,让我的心猛地往下一沉:难道是诀别信?再想到信中"来不及与你告别"一句,似乎也别有所指,于是心里惶惶不安。我又赶紧拿过那幅画来,细细观瞧。画上画的是一些兰花和怪石,我知道惟丏平常喜欢画些国画、水彩什么的,也就没怎么留意。

"他不会出什么事吧?"

"不会的。"老头蛮有把握地对我道,"他早晨天不亮就起床,把我叫醒了。也有可能他一夜没睡。他说他要出去一趟。我问他要去哪里,他说他与九华山什么白莲寺的一个住持很要好,他要去那儿的禅房住几天,静静心。"

"您是他舅舅吗?"

我这么一问,不知为何,老头立刻就有点不高兴,白了我一眼,目光像惟丏一样严厉,似乎我这个问题有点不太礼貌。

随后,令我感到吃惊的是,他竟然顺手拿过一个蒙着白绸的绷子,翘起兰花指,低下头开始绣起花来。他的手指白皙细长,骨节毕现,中指上戴着一枚铜质的顶针。看着他熟练地穿针引线,我愈加感到不安。

房间里一切的陈设都显得杂乱而陌生。高大的墙壁朝东的方向有一扇小门通往里屋,不过门是关着的。门框的四周镶有马赛克饰纹,门边原有一块花窗,后来用水泥封上了。紧挨着挂钟的墙角摆着一个铸铁的花架,不过上面并没有放上些名花异草,而是晾着一条蓝色的平角短裤。南玻璃窗又宽又大,通向碧绿的花园。我看见院中的紫藤已经开了。窗边墙上的木钉上挂着一块油腻腻的腊肉。腊肉旁边是一幅古画。

我很难断定那幅画是真迹还是赝品,不过,"吴江晴雪图"几个字却还隐约可辨。当然我也注意到了那台老式的留声机,就在沙发边上,几乎伸手可触,一大堆唱片乱七八糟地搁在地板上。留声机旁有一个木架,上面覆盖着一块红绸布,的确如晓梅所说,看上去就像一位羞涩的新娘。我想,这大概就是让女售货员"午夜惊魂"的那面穿衣镜了。

我略坐了几分钟,就起身告辞。那老头也不挽留,停下手里的活,站起身来,一迭声地对我道:"真是不巧,害你白跑一趟。"

我走到门边,看见墙边有一排柚木的书架,书架上有个草编的篮子,里边搁满了橡皮、铅笔、小刀、信封一类的物件。作为惟丏令人匪夷所思的爱情的见证，上面早已覆盖上了一层厚厚的灰土。

我回到学校以后，已经是晚上七八点钟了，寝室里只有老魏和他的女友王曼君。王曼君自从被李家杰抛弃之后，为了报复，开始疯狂地更换男友。据说她曾偷偷地打过两次胎，她希望通过糟践自己的办法，来使铁石心肠的李家杰回心转意，这当然是徒劳无益的。在大学毕业前夕，这位留下一身伤痛的前上海市跳远冠军终于决定弃暗投明，投向了老头子魏挺的怀抱。老魏也迅速地与在乡下的老婆离了婚，并成功地迫使法院把三个孩子都判到了老婆的名下。

我们寝室有一个不成文的规矩，只要王曼君来，大伙儿全都会在两分钟之内自动消失，将寝室留给他们单独享用。从这件事上，也可以看出魏挺的显赫权威。

我一进屋，就看见王曼君正用小刀往脚盆里削着生姜片，准备让老魏泡脚。

我对老魏说了说惟丏去九华山的事，并给他看了信。老魏的英文不大好，稍稍迟疑了一下，就将信件递给王曼君，道："翻。"

老魏对惟丏送给我的那幅画赞不绝口，对于惟丏的突然出走并没有表示出什么兴趣。

"你的意思是说，他会自杀吗？"老魏坐在脚盆边，已经脱去了鞋袜，高挽起了裤腿，一双大脚已被体贴周到的王曼君按在了脚盆里。他飞快地看了我一眼，又转向王曼君："不行不行,君君,水还是太凉了。你怎么搞的?"

随后,他把那封信扔过一边,又拿起那幅画上上下下看了起来,眉头越皱越紧。过了好一会儿,他突然问我:"这幅画你能不能借我用几天?我想拿去临摹一下。"

我知道老魏兼着学校书画协会的会长,平时就爱写写画画的,就随口道:"你要是喜欢,就留下它好了,反正我也没有什么用。"

第二天,我在文史楼前碰到了辅导员,就将这件事向他做了汇报。辅导员正被毕业分配的事搞得焦头烂额。几乎所有的人都指责他暗中操控,营私舞弊。两个分别来自内蒙和河南的同学同时威胁要用啤酒瓶捅死他。我话还没说完,他就支支吾吾地哼了一声,转身走了。

倒是邓海云在得知这一最新情况后,专门找我详细询问了事情的来龙去脉。他严肃的表情证实了我的担心不是杞人忧天:

"不行,我得赶去九华山一趟。"

当时,邓海云在毕业前无事可干,已经答应跟着李家杰去烟台贩苹果了。现在临时变卦去九华山,弄得李家杰很不高兴。

海云这个人,不管怎么说,虽然做人圆滑,但天性纯良。在惟丐与他公开绝交的情况下,仍然决定去九华山找他,赢得了我们班全体女生的一致赞誉。一个名叫赵欣的云南女孩为他的行为所感动,自愿报名与他一同前往,邓海云当然慨然允诺。没人知道他们的九华山之行有没有见到惟丐,不过,当他们从那儿回来之后,两个人居然手拉手,公然在校园内出双入对。邓海云更是张口"欣欣",闭口"欣欣",叫得让人心里直发颤。

毕业前夕的惟丐,在学校的声誉和影响力早已今非昔比。此前,尽管系里的三位主任曾轮番出面请他吃饭,劝他留校任教,可无一例外地遭到了惟丐坚决的拒绝。后来,辅导员谈起他来,语调已隐约有些不悦:他这个人,学问没得说,就是做人爱钻牛角尖。难道他就不知道大观园中也有"过洁世同嫌"这样的告诫吗……

5

李家杰病故以后,留下了一封遗嘱。有一笔数额不明的款项(后来我知道是二十五万)指定赠予胡惟丐。据遗嘱执行人之一的曹尚全透露,胡惟丐是全年级唯一一个让李家杰感到自卑的人。他想通过这笔赠款表达对后者的尊敬。在这封文情并茂的遗嘱中,李家杰这样写道:

> 这笔钱赠予胡惟丐,就是赠予我自己。因为胡惟丐的道路,就是我自己想走而未得的道路。我在欲望的泥淖中陷得越深,惟丐那超凡脱俗、卓尔不群

的形象就会愈加清晰。他这一类人的存在,证明了我们这个世界还有希望。

问题是,在毕业十多年后,要想确定胡惟丐的准确行踪已非易事。中国社会重新大洗牌,使我们都有了两世为人的颓唐和伤感。在偶尔举行的同学会上,胡惟丐这个名字已经多少有一点陌生感了。有人甚至断然否认,我们班曾经有过一个名叫胡惟丐的人。曹尚全想尽了一切办法来追查这个白发隐士的行踪,结果一无所获。有人说他去了安徽老家,承包了五十亩的棉花地,养了无数的蜜蜂,并办了一个书院;有人说他出国去了印度,在德里大学潜心研修梵文;当然,还有一种说法,听起来似乎更为可信:惟丐实际上哪儿都没去,他就在自己家附近的静安区图书馆当管理员。

到了二〇〇三年的春节,在恭贺新禧的手机短信中,突然传来了惟丐自杀身亡的消息。他从漱石公寓的顶层跳到了自家的露台上。由于大雪一直下个不停,他的遗体很快为积雪所覆盖,一个星期后才被水暖工发现。类似的短信接踵而至,让我在尖锐的惊愕中不能抱有任何的侥幸。王燕在给我发来的短信中只有一句话,却恰如其分地宣告了一个时代的终结:

世间已无胡惟丐

二〇〇五年盛夏,我在拉萨讲学半年之后,准备返回北京。我托人订了一张由贡嘎机场直飞北京的空军联航机票,这样不仅可以省掉在成都转机的不便,还可以节省大约一半的费用。联航的飞机差不多半个月一班。西藏大学的一位副校长建议我利用回京前的这段闲暇,去藏北的那曲看看,或者去藏南的日喀则游览扎什伦布寺。我假意应承下来,可实际上哪儿都没去。

我搬出西藏大学的宿舍,借住西郊的一位朋友家。他和妻子去了德钦,我正好帮他们看家。那是一片山前的开阔地,长满了齐人高的茅草,乌鸦云集,蜻蜓乱飞,看上去有些荒凉。接下来的日子既闲适,又寂寞。我晨昏颠倒地打发着一天天的光阴,很快就忘记了时间。白天里酷热难当,我成天酣睡;到了晚上,暴雨如期而至,气候变得十分凉爽,我就在灯下阅读《左传》,有时也看看电视。

一天,我正在午睡,我楼下的邻居,一个藏族小姑娘带着她的大狼狗,给我送来一封信。我因为害怕那条凶猛的牧羊犬,正犹豫着要不要开门,那小姑娘调皮地笑了笑,将信从窗户里丢了进来。

实际上,那不过是一张明信片。它是一个名叫"旺堆"的人寄来的,只有寥寥数字。他说,直到最近才在互联网上看到我来拉萨讲学的消息,问我是否有兴趣"在适当时间"去热振寺做客。

我知道拉萨有很多名叫"旺堆"的人,可惜的是我一个也不认识。况且,这个人既然在寺庙修行,说明是个喇嘛,可他居然还能浏览互联网,确实有点怪怪的。

可是当我把这张明信片翻过来,看到它正面的那张达·芬奇的著名油画时,冷不防出现的蒙娜丽莎的诡异笑容吓了我一跳。我的心像是被什么锋利的东西割了一下：莫非,这个署名旺堆的人就是胡惟丐？

这当然是不可能的。胡惟丐在两年前的一个大雪之夜自杀身亡,至少十多个同学赶往龙华殡仪馆,向他的遗体告别。据说,他的遗体因被积雪覆盖,一个星期后才被人发现……我拿着那张明信片,呆呆地站在那儿,看着窗外又高又远的蓝天,心中突然感到了一种从未有过的阒寂和虚幻。

我决定当晚就前往热振寺。

我的行程并不怎么顺利。我在尘土飞扬的大街上走了很远,也没看见一辆出租车。天快黑的时候,在罗布林卡的附近,我总算找到了一辆电动三轮车。司机倒是去过热振寺,可向我提出了一个高得离谱的价格,我看了看暮色四合的街道,也只得答应下来。

电动三轮车带着我,嘀嘀地叫着,很快就到了拉萨河边。我们顺着河边高高的堤坝一路往北,不一会儿就出了拉萨市区。沿途所见,无非是成群集队的牦牛、大片的青稞地、夕阳中翡翠般的沼泽地、一座又一座的玛尼石堆、树枝上挂满的缤纷的经幡……

我们抵达热振寺外的时候,月亮已经升得很高了。红白相间的寺庙建造在湖边的山坳里。湖水湛蓝,岸边长着茂密的芦苇。我能够看见湖边四周的雪山和树木倒映在水中,奇怪的是,树木是红色的。天上的繁星和月光平铺在水面上,波光闪烁,就像有人向湖中撒下了无数的金币。

在寺庙门前,我说出了旺堆的名字。一个来自康巴的喇嘛领着我,绕过正殿前数不清的酥油灯,穿过配殿的游廊,走上了一条石砌的山道。一群放生的小狗欢叫着,一路跟着我们。这个喇嘛将我带到一个幽暗的破旧僧房里,四下看了看,然后对我说:"旺堆喇嘛或许正在经堂讲经,我这就去告诉他。"随后他就走了。

僧房里有一股淡淡的藏红花的香气。墙上挂着一幅唐卡。眼中所见,陈设十分简陋,不过一床、一桌、一凳、一灯而已。当然,由于灯光晦暗,我看到的不过是一个局部。

很快我就听见了说话声。一个身穿深红袈裟的喇嘛,身后跟着一个八九岁的提灯小童,正朝这边走过来。

"我知道你会来的,可没想到这么快。"他来到近前,望着我,似笑非笑,"我们有二十年不见了吧?"

他的声音听上去显得非常虚弱。他身后的那名小童向我吐了吐舌头,灯影一晃,就消失不见了。

说实话,直到这时,我仍然不敢相信他就是惟丐。他的身上散发着僧侣特有的气息,虽然满头的白发被剃掉了,可高原上的紫外线使他的那张脸看上去更为苍老。

"我是该叫你惟丐呢?还是旺堆喇嘛?"我试探与他寒暄。

"随你好了。"他招呼我在桌边坐下,他自己则坐在床沿,

"你大概还没吃过饭吧?"

那个小童又不知从哪儿晃了回来。他给我弄来了一些糌粑、几块奶渣、一块牛肉,还有一只陶钵。糌粑有点难以下咽,奶渣有一股膻腥气,我本以为陶钵里盛的是酥油茶,尝了一口,才知道原来不过是一钵清水。

他静静地看着我吃饭,让我说说"那边"的情况。我听见他嘴里说出"那边"这个词,还是吓得出了一身冷汗。由于"那边"的事情过于纷乱,我一时不知从何说起,就首先提起了传说中他的死,同时悄悄地观察他的脸色。和我预料的一样,他没有表现出任何吃惊的神态,而是用他那惯常的暧昧语调对我说:

"如果他真的死了,那么你现在见到的就是另外一个人。"

他就像条泥鳅一样滑,你根本就抓不住他。

我很快就提到了李家杰。我问他还记不记得班上一个名叫李家杰的人。他点了点头:"怎么不记得?读书的时候,他好像一直在忙着谈恋爱,先是王曼君,然后是苏眉,你说的是不是这个人?后来我听说他做生意发了大财。"

我告诉他,李家杰如今也已经不在了。他死于糖尿病所引发的肾脏衰竭。我还说起李家杰克前指名要留给他的那笔遗产。我把那份遗书一字不落地背给他听。他的脸在油灯的光影中忽明忽暗,叹息良久之后,忽然对我道:

"这听上去就像一个讽刺。"

我吃惊地望着他:"我不太明白你的意思。不管你是否愿意接受那笔遗产,可人家毕竟还是善意的。"

他悲哀地看了我一眼,接着道:"我知道他指定将那笔钱给我,是出于善意。不过,这件事本身仍然是一个天大的讽刺。他在遗书中说,他想过我的生活,可是他大概不会想到,我做梦都想过他的生活。你知道,我本可以留校,随便找个什么人结婚,从此过上碌碌无为的日子。没有什么希望,但也不至于绝望。为了达到这个目标,我几乎耗尽了心血。也许,我们每个人在心底里都想过别人的日子,这就是这个世界的根本悖谬所在。"

他说话的声音很低,最后变成了含混不清的自言自语,就像从窗下吹过的一阵山风。不久,他就提到了毕业前夕我对他的那次拜访。

"其实,我没有去九华山。当时,我就在房间里。我躺在里屋的凉席上,听着你和舅舅说话。我虽然已打定主意与这个世界告别,可任何决定都是可以改变的。任何时候改变决定都还来得及。有时候,只要向前跨上一步,就可以进入另一个世界。比方说,我只要从床上爬起来,走到外面的客厅里,大大方方地向你道歉,告诉你这不过是一个玩笑。然后我们两个人可以到街上随便找个馆子喝酒畅谈。如果喝醉了,还可以说几句脏话。我只要从床上蹦起来,走出去,事情就解决了。甚至,当我听见你下了楼,走到外面的弄堂里,我还在犹豫着要不要请舅舅追出去,把你喊回来。可我知道我不配。我躺在凉席上一动不动,最后出了一身大汗。"

说到这儿,他忽然想起了一件什么事,转过身来对我说:"我送给你的那幅画还在不在?"

"什么画?"

"金农的《兰石图》。我把它装在一只大信封里,让舅舅交给你的。"

我的眼前突然浮现出他那个穿军装、会绣花的舅舅来。他的确曾交给我一个大信封。至于里面的那幅画,我以为是惟丐本人的习作,后来被魏挺借去临摹,就留在了他那儿。我把这些细节原原本本地跟他说了一遍。他的脸上并无任何惊讶的表情,过了一会儿才淡淡地道:"也许那幅画本来就该归魏挺。不过是借了你的手。"

接下来我们又聊了会儿别的事。他提出为我摩顶,我答应了。到了午夜,他又问我是否介意在他的寺庙里住一宿,我也欣然同意。他在地上铺了一条藏毯,却坚持让我睡他的床。

临睡前,我半开玩笑地对他说:"会不会,我一觉醒来,发现自己已经来到了另一个世界?"

他吹灭了灯,在黑暗中对我道:"试试看吧,反正你迟早会醒来的。"

我很快就醒了。楼下的那条大狼狗还在汪汪地叫着。白花花的太阳依然高挂在天空。我从床上起来,感到头痛欲裂。我终于想起来,刚才楼下的藏族小姑娘给我送来了一封信,它就搁在窗下一只大花瓶的边上。

我拆开那封信,里面是一张联合航空公司派人送来的机票。

飞机在北京西郊机场上空降落的时候,不知怎么,我忽然又想起在拉萨做过的那个奇怪的梦来。看着窗外肮脏、昏暗的大地,我的眼泪止不住地流了下来。我的确有些疑心,我们班是否真的有过一个名叫胡惟丏的人。他和我们同学四年,却似乎真的从来就没有存在过。他在一个大雪纷飞的夜晚悄悄告别了这个世界,什么痕迹都没有留下来。我甚至已记不得他长什么样了。唯一还能想得起来的,就是他脸上暧昧而古怪的笑容。

它是一种矜持的嘲讽,也含着温暖的鼓励,鼓励我们在这个他既渴望又不屑的尘世中得过且过,苟安偷生。

附录

格非中短篇小说年表

1. 《追忆乌攸先生》,原载于《中国》1986年第2期
2. 《迷舟》,原载于《收获》1987年第6期
3. 《陷阱》,原载于《关东文学》1987年第8期
4. 《褐色鸟群》,原载于《钟山》1988年第2期
5. 《没有人看见草生长》,原载于《关东文学》1988年第2期
6. 《大年》,原载于《上海文学》1988年第8期
7. 《青黄》,原载于《收获》1988年第6期
8. 《风琴》,原载于《人民文学》1989第3期
9. 《蚌壳》,原载于《北京文学》1989年第4期
10. 《夜郎之行》,原载于《钟山》1989年第6期
11. 《背景》,原载于《收获》1989年第6期
12. 《唿哨》,原载于《时代文学》1990年第5期
13. 《傻瓜的诗篇》,原载于《钟山》1992年第5期

14.《锦瑟》,原载于《花城》1993 年第 1 期

15.《湮灭》,原载于《收获》1993 年第 4 期

16.《雨季的感觉》,原载于《钟山》1993 年第 5 期

17.《公案》,原载于《钟山》1993 年第 5 期

18.《相遇》,原载于《大家》1994 年第 1 期

19.《武则天》,原载于《江南》1994 年第 1 期

20.《初恋》,原载于《花城》1995 年第 1 期

21.《凉州词》,原载于《收获》1995 年第 1 期

22.《去罕达之路》,原载于《佛山文艺》1995 年第 6 期(上)

23.《紫竹院的约会》,原载于《东海》1995 年第 11 期

24.《镶嵌》,原载于《花城》1996 年第 1 期

25.《半夜鸡叫》,原载于《青年文学》1996 年第 5 期

26.《时间的炼金术》,原载于《钟山》1996 年第 5 期

27.《谜语》,原载于《作家》1996 年第 6 期

28.《窗前》,原载于《作家》1996 年第 6 期

29.《喜悦无限》,原载于《人民文学》1996 年第 11 期

30.《解决》,原载于《小说家》1997 年第 2 期

31.《月亮花》,原载于《小说家》1997 年第 2 期

32.《沉默》,原载于《天涯》1997 年第 5 期

33.《赝品》,原载于《收获》1997 年第 5 期

34.《未来》,原载于《山花》1998 年第 4 期

35.《失踪》,原载于《时代文学》1998 年第 4 期

36.《让它去》,原载于《钟山》1998 年第 3 期

37.《打秋千》,原载于《收获》1998 年第 6 期

38.《苏醒》,原载于《长城》1999 年第 3 期

39.《马玉兰的生日礼物》,原载于《作家》1999 年第 1 期

40.《暗示》,原载于《作家》2000 年第 1 期

41.《戒指花》,原载于《天涯》2003 年第 2 期

42.《不过是垃圾》,原载于《长城》2006 年第 1 期

43.《蒙娜丽莎的微笑》,原载于《收获》2007 年第 5 期

44.《隐身衣》,原载于《收获》2012 年第 3 期

一本书打开一个世界

欢迎订购、合作

订购电话：0571-85153371

服务热线：0571-85152727

KEY-可以文化

浙江文艺出版社

京东自营店

关注KEY-可以文化、浙江文艺出版社公众号，
及浙江文艺出版社京东自营店，随时获取最新图书资讯，
享受最优购书福利以及意想不到的作家惊喜